朝霧晴

「呀呵——！大家內心的太陽，朝霧晴高高升起嘍！」

最喜歡看到大家展露笑容，是充滿活力的女學生。由於好奇心極為旺盛，常常在一時衝動下，做出讓周遭人們始料未及的言行舉止。

宇月聖

「嗨各位！大家的聖大人亮相嘍！」

前世是以男人的精氣為生的魅魔，卻因為只對同性（女性）有興趣而餓死。歷經轉生後華麗亮相。頭上的角是前世殘留至今的特徵。

神成詩音

「巫女好——！我是大家的媽咪神成詩音喔！」

讓九尾狐狸附身的巫女，以神明使者的身分守護人界的和平。由於多達九條的尾巴會受到感情的起伏而劇烈晃動，站在她身後時要小心。

晝寢貓魔

「喵喵——！被香香的味道吸引而來！我是晝寢貓魔喔！」

最愛午睡的異色瞳獸娘。但只要有人在附近吃東西，她便會睜著閃亮雙眼接近而來。餵她吃東西就會很開心。即使不這麼做，一旦摸摸她，也會讓她感到開心。

相馬有素

「報告！相馬有素來報到了是也！」

以解放自我為宗旨的偶像團體——解放軍成員之一。冷酷外貌讓她深獲男女雙方喜愛。然而因為內在是個草包，導致她總是煞費苦心地維護自身形象。

苑風愛萊

「呀呵～大家～！過得好嗎～的喲～！我是愛萊動物園的苑風愛萊的喲！」

在網羅了各式動物的大型主題樂園——愛萊動物園擔任園長的精靈。動物們不知為何都對她展露出唯命是從的姿態，深得牠們的崇敬。

山谷還

「這裡是跨越高山、跨越低谷，最終抵達的歸還之處。歡迎造訪山谷還的頻道。」

在心地善良者身負重傷時悄然現身，為其施加治療後隨風離去的女子。全身上下充滿了謎團。

Live-ON

雀屏中選的閃耀少女們

最新消息｜商品

活動方針｜旗下藝人｜公司概要

彩真白

「大家真白好——咱是暱稱真白白的彩真白喔。」

視繪畫為人生目的的插畫家。雖然嘴巴有點毒，但其實是個很會照顧人的溫柔少女。

心音淡雪

「各位晚安，今晚也是飄著美麗淡雪的好日子。我是心音淡雪。」

只會在淡雪飄零之日現身，散發神祕氛圍的美女。那雙吸睛的紫色瞳眸深處，似乎藏著某種祕密……

祭屋光

「好光光！祭典的光芒招來人群！我是祭屋光！」

在全國各地舉辦的祭典上現身的祭典少女。據說即使相隔兩地舉辦，她也會在同一時間現身於兩場祭典之中。

柳瀨恰咪

「將大家帶往至高治癒之地的柳瀨恰咪姊姊來嘍。」

原本個性內向，卻鼓起勇氣，成功以外向的個性出道並大獲成功。然而內在並未因此改變，是以雖然看似開朗，但仍殘留著陰沉的內裡。

COMMENT

| 乳頭顏色？

| 糟糕，快來人阻止她！

| 小淡雪快來啊啊啊~~~！

| 刪除警告。

| 我是個紳士，所以會化身為乳頭的誘惑。

| 快把這個紳士刪除吧。

「咱啊！可是連小淡雪的乳頭顏色都設定得鉅細靡遺喔！」

平時是冷酷的中性女孩，但一聊到和插畫有關的話題，情緒就會變得高昂起來……

身為 VTuber 的我因為忘記關台而成了傳說 2

觀看次數：200萬次・3個月前

14046　46

彩真白

76 萬 位訂閱者

已訂閱

contents

七斗七 插畫 塩かずのこ
身為VTuber的我
因為忘記關台而成了傳說
[2]
清秀ZERO
未成年
請勿飲酒
Kadokawa Fantastic Novels

彩頁、內文插畫／塩かずのこ

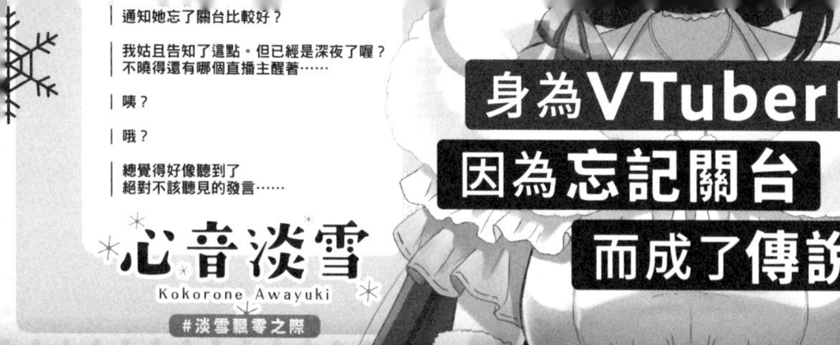

迄今為止的前情提要

觀看次數：99,999次・2021/05/20

強零剪輯頻道

2.5萬 位訂閱者

已訂閱

原為**黑心企業戰士**的**田中雪**為了告別過往，

決定向妖魔鬼怪橫行，**宛如世界末日般的企業**——

Live-ON發起生死對決。而在歸來之際，

她已經化身為**清秀系VTuber心音淡雪**了。

然而，淡雪無日不從Live-ON指數極高的同僚們身上**感受到壓力**，

還因為自己**不上不下**的人氣而焦慮不已……

某天，她一如往常地想執行名為關台的關門儀式，

卻反而搭上了**銀河鐵道000**，**還醉到大吐一場**。

最終導致清秀變成**清秀（VTuber）**，淡雪變成了**強零**。

強零登上了**世界第一**的寶座，為這樣的結果感到慌張不已的淡雪，

終於下定決心要開始變得**咻瓦咻瓦**。

大破大立的淡雪將同期視為慰藉用的配菜，還對前輩們發起

性行為的邀約——歷經這些修行之後，她成功讓自己的**表與裡**，

也就是**小淡和咻瓦達成共存**，Live-ON指數也突破了**驚人的53萬**。

（這個數值大約等同於三座東京巨蛋，是個極為驚人的數字。）

自此一帆風順的淡雪，終於成為**Live-ON的王牌戰將**，

如今的她則被**首次獲得的後輩**做出了**愛的告白**。

『心音淡雪閣下——可以讓我成為閣下的女人是也嗎？』

殷切期盼的後輩——四期生的出道直播日終於來臨。滿心雀躍地期待後輩表現的我，眼下正被以第一棒身分登場的相馬有素做出愛的告白。

…………啥？

『我總是覺得，自己一直以來都過著與凡人無異的人生，內心也隱隱為此感到空虛是也。以偶像身分活動的理由也是為了埋補這份空虛之情是也。不過，我的內心似乎相當乾涸，因此一直追求著能夠滿足我心的偉大事物是也。』

毫不理會依然混亂不已的我和聊天室，小有素自顧自地說了下去。

啊——嗯……儘管腦子裡的思路還是一團亂，但我已經察覺到一項事實了。

『正值此時！我偶然地在網路新聞上看到那起堪稱傳說的淡雪閣下忘記關台的事件是也！當下受到的衝擊是我人生至今所累積之物所遠遠不及的是也。最接近我當時心情的詞彙……應該就是「一見鍾情」吧。』

這孩子的腦袋也被Live-ON同化得很徹底啊！

：這是怎麼回事……真是出其不意啊……

：妳開玩笑的吧www

：?…………?（明明講的是日文卻聽不懂）

：what?

：所以說到底是怎麼一回事啦！

：她似乎對某人一見鍾情——對方是忘記關台後把強零喝了個爽，對同性VTuber做出諸多性騷擾發言後爛醉而睡，直到起床後才邊嘔吐邊關台的自稱清秀之人。

：這世上果然充斥著許多未知的神祕現象啊。

：太過莫名直接開悟了笑死。

『以堂堂正正的態度獨自走在無人伴隨的道路上，等到察覺時，已經有許多觀眾成了淡雪閣下的熱情粉絲，這正是我內心所渴望的光景是也。從那天起，我便將所有意識都傾注在淡雪閣下身上了。除了直播外，我也一再回放直播存檔，已經完全背下她會在幾分幾秒說出什麼話，這也為我帶來了難耐的極致快感。當然，我每次都會把超留投到上限金額是也！』

好沉重！這是怎麼回事？我的背都直打哆嗦了！

我確實！我確實說過想要個仰慕自己的後輩，但這好像和我想像的不太一樣耶？

她願意成為我的粉絲固然讓人很開心，但我迄今都被當成搞笑藝人看待，從來沒人展露出這種深度崇拜的反應，以至於腦袋仍舊一片混亂，距離過熱只差一步了……

：嗯，老實說我已經被嚇到倒彈了。太棒了。

：Live-ON出品，必屬傑作。

：官方總是朝著詭異的方向孜孜不倦根本笑死。

：感覺小咻瓦正在瑟瑟發抖。

：四期生裡的糟糕傢伙。

：為什麼要讓她打頭陣呢？

：因為接下來的傢伙也一樣糟糕吧。

：居然是小淡的信徒笑死。

：我是在日日本人，但我聽不懂她在說些什麼。

：你不就是普通的日本人嗎w

：Wow！她真是Crazy！實在嚇了我一跳，她是活在未來的人呢。我現在能夠斷言的，就是我們已經深深迷上了她呢。

：別模仿外國人的反應啦。

：決定了，我要當她的粉絲。

：加油啊淡雪，妳要負起把她變成這樣的責任啊（甜笑）。

『雖然一直講述自己的事讓我感到有些過意不去，但也因為有這段過往，我才會抱著想更加接近淡雪閣下的心情參加Live-ON的四期生招募活動，眼下則站在了這裡是也！能和憧憬的對象站上同樣的舞台，讓我感到至高無上的幸福是也！呃——現在似乎還有一些時間，如果各位有問題想問，我會盡量回答的是也！』

「哈哈哈……」

由於光是試圖思考都會讓人感到一陣疲憊，此時的我只能發出乾笑聲了。

算、算了，倘若放寬心來看，她就是個仰慕自己的後輩嘛，這也沒什麼大不了的（逃避現實）。

嗯嗯，敞開心胸是很重要的！就讓我用宇宙般宏偉的心胸來迎接小有素吧！

：妳是怎麼被選上的？面試時說了什麼？

：確實讓人在意。

：我滿腦子都是不好的預感www

『啊，其實我在投履歷的階段就被刷掉了是也！』

咦？真的假的？

『但我說什麼都不想放棄，況且官網上也沒有明文禁止重複投遞，所以我每次都寫了一篇詳述淡雪閣下有多麼出眾的論文，總算在第五次時收到面試通知，並在面試時滔滔不絕地談論我對淡雪閣下的愛，之後就雀屏中選了是也！』

「不不，在投履歷的時候寫了和我有關的論文就不對勁了吧！這完全不會對落選好幾次的妳本人加分呀！」

『由於是期盼已久的面試，我一開始雖然也想過用普通的心態應對，但為了表現出對可敬的淡雪閣下的尊敬之心，我便效仿淡雪閣下，放手一搏地展露出自己的一切參加面試，最後終於合格了是也！淡雪閣下果然就是我的救世主是也！』

「妳鐵打的意志固然很厲害，努力的方向卻錯得厲害！」

等、等等，淡雪，妳要冷靜啊。妳剛剛不是才說要接納她嗎？不能因為這點小事就失了平常心啊。

淡雪啊，妳不是很喜歡女性嗎？睜大眼睛看清楚，有個可說是自願投懷送抱的可愛女生對妳這麼有好感，照理說是最棒的情境才對吧？

喏，客觀看待的話，小有素就只是個深情又可愛的女孩子呀。就是這樣。

：說放手（Let it go）也放得太誇張了，這是在演淡雪奇緣吧？

：錄用這個災難的Live-ON絕對有病。幹得好多錄用一些。

：這就是信奉淡雪原理主義的末路嗎？

：是獨占慾強烈的跟蹤狂系病嬌嗎？

：小淡的肚子裡要什麼都沒有了嗎（註：典出動畫版「School Days」最終集，桂言葉對西園寺世界痛下殺手的台詞）**？**

『呣，你們在胡說什麼是也！淡雪閣下的幸福就是我的幸福，最重要的終究是讓淡雪閣下能展露一貫的風格繼續活動。抱持過度干預的念頭妨礙她活動的人，就是個不及格的粉絲是也了！』

「看吧！她果然是個好孩子嘛！」

她果然只是個將宣言說得誇張了些的好孩子嘛。呼——這下可以安心了。

：如果能從小淡那邊收到一個禮物，妳會想要什麼？

『想要的東西是也嗎……倘若一定會被拒絕的禮物也算數，真要說的話，應該是【懸雍垂（註：人體口腔器官，懸掛於軟齶正中間的末端）】是也吧。』

「啥？」

：www

：太超乎預期了。大草原。

：懸雍垂是什麼來著？

：是喉嚨的雞○喔。

：咦……（超困惑）

：為什麼啦www

『畢竟雖說是喉嚨的一部分，但雞〇就是雞〇是也。我認為只要將它放進身體裡，便等於是和她進行了S〇X是也！』

「　　　　」

：這是創意的勝利。

：是失敗才對吧。

：www

：肯定會被剪成精華片段的演出。

：不妙啊……不妙啊……

〈宇月聖〉：讓我上了一課啊。

〈神成詩音〉：那是彗星嗎？不對，應該不是吧。彗星應該是更為閃爍，且動得更快的存在（註：動畫「機動戰士Z鋼彈」終盤橋段，主角卡密兒精神崩潰後說出的台詞）……

：精神崩潰的媽咪，要堅強地活下去啊。

：在自介時行雲流水地連聲道出男性生殖器，最後還喊著想要S〇X的女人。

『啊，時間差不多到了是也！那麼，我打算用這罐檸檬口味的強零收場是也！大家乾杯！噗咻！咕嘟咕嘟咕嘟！嗯嗯嗯好爽喔喔喔喔喔！』

在宛如人間煉獄般的混沌之中，小有素的直播就此關台。

帷幕已然落下，我的嘴巴卻闔不起來，就這麼張大著好幾分鐘……

『呀呵～大家～！過得好嗎～的喲～』

「嚇！」

糟、糟糕糟糕，小有素剛才的自我介紹實在太具衝擊性，讓我整個人都茫掉了。

嗚，光是想起小有素的名字，我的意識好像又要飄往遠方了。

如此一來，我今後豈不是要把她視為「那個不能說出名字的人」了嗎混帳！

呼，我得冷靜，現在可不是自亂陣腳的時候。第二位四期生已經開始自我介紹了。

身為前輩，必須盛大地歡迎她才行！

好啦，第二位是什麼樣的女生呢？

映在畫面上的身影……嗯，一言以蔽之就是「很大」。

呃，這對胸部到底是怎麼回事？到底是塞了多少夢想在裡面？

看到這麼棒的東西，我若是不擼……那就太失禮了……

身高似乎比剛剛的小有素再高一點，以胸部為首的整體身材狀似相當柔軟，看得我性慾都快滿出來了。雖說尚稱不上肉感，但算是略顯豐腴的身形吧。

她的五官也顯得圓潤，搭配長及肩部的淡紫色捲髮，使她看上去隱約洋溢著母性。

然而，她身上卻有著唯一一處呈尖銳狀，展現強烈特色的部位——耳朵。

原來如此，這就是所謂的精靈族對吧。

搭配那身民族風格的衣裳，給人宛如森林女王的第一印象。

『初次見面～我是平時擔任愛萊動物園園長的精靈，苑風愛萊的喲～我是為了讓大家瞭解動物們無遠弗屆的魅力，才會當上VTuber的喲～！』

喔——喔——原來如此，是位擔任動物園園長的精靈小姐啊。

既然如此，充斥著母性十足的印象也不算太意外了。

：媽咪班底來了——！

：好大（歡喜）。

：莫非是負責矯正常識的角色？

：詩音媽咪終於有援軍了嗎！

：且慢且慢，憑外觀下定論未免言之過早，這可是那家Live-ON啊。

誠如聊天室所言，到目前為止，她的表現可說是相當正經。

難道具備常識的王道系可愛角色終於要現身了嗎？

『好的～趁著現在還有一點時間，我想來談談動物大人們的小知識的喲～！首先是大家都很熟悉的【大猩猩】的喲～！這裡講的絕對不是在電子遊樂場玩音樂遊戲玩到超越人類極限的玩家，或是在年末節目上被打屁屁的人，一定要留意的喲～』

「……嗯？」

奇怪，這……咦？剛剛的發言和她的外貌是不是有點反差啊……

嗯，總覺得在這個時間點上，我就已經能看出爆點會出現在哪裡了。

：屁屁（認真語氣）。

：哎呀？

：走勢改變了呢。

：還、還不能斷定！法律並沒有明文規定王道系媽咪不能講屁屁這個詞彙！

：要這樣說，法律也沒有規定清秀系的女生不能喝強零喝到嗨翻啊。

『我想大家都對大猩猩的外表相當熟悉，但關於牠們的生態小知識似乎沒有那麼普及的喲～比方說，大猩猩以雙手敲擊自己胸部的擂鼓動作，其實雙手並非握成拳頭，而是張開手掌用掌心拍打，各位可知道的喲～？』

「哦～」

：真假？

：有聽過這種說法。

：哦——哦——

：真的嗎？我記得那隻領帶猩猩（註：指任天堂遊戲角色「森喜剛」）應該是用拳頭敲的吧？

：的確如此。

『電影或遊戲裡的猩猩雖然大多是握著拳頭搥鼓，但這是積非成是的結果的喲～猩猩若是握拳敲胸只會弄痛自己，也敲不出聲音。大家在玩搥鼓play時也不會用拳頭打屁屁對吧？就是這麼一回事的喲～』

「……」

嗯，原來如此——

：頂著一張純真的笑容，卻搬出了宛如世界末日的比喻。

：為～什麼妳會知道那種玩法啊……

：明明只是在推廣小知識，最後卻總會多嘴一句。

：感覺不是那種會牽著別人鼻子走的調性，但偶爾會在諸多對白之中穿插炸彈。

：好像會上癮啊……

『另外，雖然大猩猩的外表容易給人好勇鬥狠的第一印象，但牠們的心思其實相當纖細，也是相當不喜歡爭執的動物的喲～一旦累積太多壓力，牠們就很容易鬧肚子呢。不過，牠們有時會對人類！丟擲大便！所以也要多加小心的喲～雖然我對那方面敬謝不敏，但對於喜歡屎〇交又能對動物產生情慾的超高級變態來說，這肯定是錦上添花的習性呢～』

Live-ON的人事部門確實很有眼光呢！（眼神呆滯）

：喂———！

：只在說「投擲大便」的時候露出開懷笑容笑死。

：為什麼對這類性愛玩法這麼熟悉……

：一直維持笑容讓人覺得蘊藏著很深的黑暗啊。

：啊，一看就知道這是腦袋有問題的傢伙了。

：聽說是個在自我介紹時喜孜孜地聊起會丟擲大便的動物的人呢。

：但確實能吸收到小知識，這平衡掌握得真精妙。

：挺有搞頭的。

『啊，時間已經到了的喲～！雖然感到遺憾，但關於大猩猩———學名Gorilla gorilla的介紹就到此結束的喲～今後我也會在直播裡介紹各式各樣的動物大人們，還請大家多多指教的喲～！』

：辛苦啦———！

：好在意開台內容。

Gorilla

：結果不是負責矯正常識的角色笑死。

：這應該是神祕系的範疇吧？

：原來如此。

：比起自介，介紹大猩猩的時間更多根本笑死。

：感覺還藏著更為不妙的部分沒表現出來。

「該怎麼說，總覺得Live-ON已經是座收容珍禽異獸的動物園了啊。」

好！終於輪到最後一名——也就是第三名四期生上場了。

哎呀～這個嘛，該怎麼說才好呢。

我放棄了！

Live-ON果然很厲害，挑上的新人都是些怪人呢！

哪可能挑上那種如白紙般純潔且仰慕我的可愛後輩啊！

可想而知，第三個人也會是個糟糕的傢伙吧！

沒事的。既然一開始便明白這點，我就不會陷入混亂了。

至少、至少讓我以前輩的身分，用溫柔的目光觀望著最後一人抱持著何種古怪的癖性或是炸彈，並歡迎她的加入吧。

嗯，晚點推薦詩音前輩胃藥吧。接下來將一口氣增加三個棘手的孩子，只能為她說聲阿彌陀佛了。

喔，第三人終於上場了！

化身的外觀……喔，貌似相當成熟呢。說是Live-ON成員之中看起來最為年長的也不為過。

她有著水藍色長髮，髮型看起來是水平零層次直髮，臉型則是瓜子臉龐，走的是美豔路線。

雖然和聖大人的五官有點神似，但形象更為狂野。

身高大概和淡雪的化身差不多吧。

唔嗯——模樣就是個妖豔動人的大姊姊呢！

藍白雙色的服飾也兼具清涼感和性感，看起來讚讚。

不過我已經不會再被騙了！反正肯定一講話就破功嘛！

……應該說她不要緊嗎？化身已經顯示在螢幕上好一段時間了，但她都沒有開口說話耶。

該不會是器材出了問題吧？

『啊、呃……初次見面……我是山谷還。』

哦，似乎沒事呢！

不過她看起來好像相當緊張耶。聲音明顯在發抖，讓我有點擔心。

『呃，有件事我一定得先開誠布公才行。』

「哦？」

怎麼了？這是至今未曾有過的開場形式呢。

但我至少可以斷定，她要說的肯定不是什麼正經事！

『還雖然外表是大人，但內心是個小嬰兒。』

「呃、哦？」

『所以請讓還撒嬌、請讓還吸奶、請讓還啼哭吧。這就是還成為VTuber的理由。』

「喔……」

這……又來了個驚天動地的傢伙啊……

：笑死。

：嗯——我感受到極為純粹的恐懼。

：已經體現出Live-ON的風格了。

：這就是那個吧……我猜小還不是煞車壞掉，而是打從一開始就沒有那種東西。

：至少我在這個當下明白了一件事——四期生的清秀角色為零。

『所以請大家成為還的媽咪吧。請讓我撒嬌到底，直到人生的最後一刻為止都讓我扮演嬰兒吧。因為還就是個小嬰兒呀。』

：這傢伙怎麼回事www

：因為我是一個小嬰兒（斷定語氣）。

：這樣啊，原來如此。

：別照單全收啊www

：順帶一問，請問您今年貴庚？

『還的身體確實已經成年了，但還敢打包票——還的年齡仍處於小嬰兒的階段。證據就是還昨天一直窩在家裡，玩了整天的公主收集。』

「完了，這人腦子有病。」

糟糕，這孩子絕對是很糟糕的那一群。感受得到現代社會的黑暗面。

：www

：您該不會有在當名偵探之類的吧？

：但和名偵探恰恰相反啊。

：為什麼能講得這麼理直氣壯啊笑。

：這應該是來真的吧？

：嗄？如果要自稱小嬰兒的話就給我拿出誠意來！喔嘎啊啊啊啊！

：沒錯沒錯，都不覺得這樣對小嬰兒很沒禮貌嗎！吧噗嗚嗚嗚嗚！

：來了好幾位認真當小嬰兒的仁兄。

：在這種分野上認真，罪孽未免也太深重了吧……

『請不用擔心。還的衣服底下有好好穿著尿布，化身也有含著奶嘴的版本。這是當然的，因為還是個小嬰兒呀。』

住手呀！讓這樣的化身含起奶嘴實在令人目不忍睹呀！

是說這孩子還真的講得理直氣壯耶？妳的精神狀況不太對勁喔……

『綜上所述，想必各位已經能夠理解還是個小嬰兒了。在此大量招募願意讓還啼哭或是吸奶奶的志願者。有意願的觀眾媽咪們請來觀看還的開台。』

：喔、喔……

：這位新人的介紹從頭到尾都充滿了巧克力呢（註：典出日本Toppo巧克力棒廣告台詞「果然Toppo就是厲害，因為從頭到尾都充滿了巧克力呢！」）**！**

：巧克力（黑暗的借喻）。

：既然都自稱小嬰兒了，就請光明磊落地啼哭個幾聲吧。

『可以喔。咳咳。啊嗚——啊嗚————嗚嗚嗚、喔嘎啊啊啊喔嘎啊啊啊啊！』

「嗯，妳在進Live-ON之前應該先進醫院呢！」

：www

：大草原。

：也太認真了笑死。

お
※喔嘎啊啊啊啊
あああ

：失去了羞恥之情的女人。

：不妨乖乖去工作吧。

：我是媽咪喔！幫妳買履歷表來嘍！

『咿咿咿咿咿咿！求求您、求求您別逼我去找工作！我什麼都願意做啊啊啊啊！』

「怎、怎麼回事？她對找工作的反彈和我差不多啊！」

伴隨一陣慌亂的腳步聲，直播裡的聲響逐漸遠去。

結果小還一直沒有回來，加上自介時間已過，於是四期生的介紹直播就這麼結束了。

她在出社會時究竟過上了怎樣的生活……

若要對四期生整體的自介做個感想……就像是吃完中式的滿漢全席後又吃了頓法式全餐，最後用特級壽司收尾的感覺呢！

——哎，雖然嘴上這麼說，但我內心終究還是期待著今後的發展呢。

第一章

和真白白輕鬆（與過往相比）合作直播

隨著四期生加入，Live-ON的氣勢更可謂勢如破竹。既然加入的都是些個性強烈的角色，自然也會格外受到外界期待吧。

此外，相比三期生出道後，四期生引發的討論度明顯熱烈許多。就我看來，這並非因為三期生魅力不夠，而是Live-ON的知名度在三期生加入後蒸蒸日上。我們的努力為組織帶來了成長，同時也為後輩們架好順遂啟程的便橋。

而今天的開台時間，我所選擇的合作對象是——

「咕嚕咕嚕咕嚕砰磅（噗咻）（註：典出日本NHK兒童節目「遊戲捉迷藏」片頭曲「ぐるぐるどっかーん」）！大家好，我是小咻瓦的啦！來介紹今天的瘋狂成員吧！」

「好的，咱是因為兒時回憶遭到玷汙而擺出一張死人臉，暱稱真白白的彩真白。還有，咱在Live-ON之中應該算是比較不瘋狂的。」

「不需要這麼謙虛啦！」

「（想謙虛的心情）一點都沒有。」

我還是老樣子，選了真白白當搭檔。

哎呀，畢竟這怎麼看都是接下來要連續挑戰頭目的節奏嘛。所以我才會找來身兼存檔點和回復點的可愛真白白休養生息啊。

不過畢竟才剛出道，四期生尚未向我發來合作邀約。

意外的是，就連那位問題偶像兒童也還沒有捎來邀約。我原本以為她會在出道後第一時間跑來邀我合作，膽戰心驚了好一陣子。雖說目前看來是我杞人憂天，但這種情況反而更加詭異……

唉，一直把注意力放在還沒發生的事情上也不是辦法，所以我今天也把強零喝了個爽，像個晨間兒童教育節目的大姊姊一樣活力十足地開台嘍！強零大姊姊可是寶刀未老呢！

「今天和真白白一起回覆蜂蜜蛋糕之後，就要進行瘋狂的企畫啦，大家多多指教！」

「是說，小咻瓦難道把瘋狂當成了褒義詞不成？」

「在我們（Live-ON）業界，這算是一種常識喔。」

「有道理。」

：有真白白耶！

：咻瓦咻瓦真白真白好擼好擼！

：別擼啊www

：不曉得汪汪（註：「遊戲捉迷藏」的布偶裝主持人之一）過得好不好？

：他現在依舊活躍喔。

：喔？會看這場直播就代表不是幼兒了吧？那為什麼會知道汪汪依舊活躍呢？

：遮屎仙景（這是陷阱）！

：幼兒看小咻瓦的節目有什麼不對！老子也是幼兒啊！

：最近的幼兒好厲害啊，居然會嗑這種強零展示台。

：不過最近連小嬰兒都會被Live-ON錄取了，這應該也是精英教育的一環吧。

：那位與其說是小嬰兒，不如說是嬰兒小姐。

：與其說是嬰兒小姐，不如說是問題兒小姐。

：被當成危險人物了笑死。

：她會不會也在看台啊？

：剛剛有幾個感覺她會回應的話題。既然她沒回應，應該就是沒在看吧。

：確實如此。

「好啦好啦，既然場子都炒熱了，那就開始回覆蜂蜜蛋糕的啦——！」

「的啦——」

@說不定其他人也曾提過，不過我按照說特上的酒譜去調，結果相當不妙，所以在此報告：

1：購入赤牛能量飲料和強零。

2：把赤牛混進強零之中。

3：喝下去。

4：好喝！@

「老實說為了回應這篇，我昨天照著做了一次喝了個爽！」

「喔，真不錯呢。妳的評比是？」

「簡直就是『糟』庭暴力。」

「這雖然是咱頭一次聽說到的詞彙，但即使再怎麼不願意，咱也聽出了危險的氣息。既然是出自受強零洗禮的小咻瓦之口，就更可信了。」

「哎呀——這真的體現了何謂『混在一起會出事』呢。感覺就像是強零的零被赤牛掰成了負值。味道雖然不差，但這魔性的藥劑可不是人類之軀承受得住的。大家如果珍惜健康，千萬別模仿喔。」

「原來如此，對不太愛喝酒的咱來說似乎是個無緣的話題。老實說，咱還沒喝過強零呢。」

「好想看真白白喝到爽的樣子喔～♪」

「小咻瓦啊，不是每個人喝了強零都會變成搞笑藝人喔。」

@您對小有素有什麼看法？在下希望兩位早日結為連理。@

「哦，是說那個小咻瓦的瘋狂信徒呀。她從出道開始就是一飛沖天呢。」

「那孩子是糟庭暴力的化身。」

「可以別把新來的妹妹和那個魔性藥劑並列嗎？」

「因為我感受到貞操方面的危機嘛。小咻瓦最怕恐怖的東西了！」

「咱認為包括咱在內的Live-ON成員，都曾對小咻瓦抱持著同樣的警戒喔。啊，話說回來，咱似乎被那孩子認定為勁敵了呢。」

「咦，有這回事？」

「聽說她在直播上把咱稱為情敵呢。」

「我想指定真白白因為嫉妒小有素而對我霸王硬上弓的情境。」

「妳是當成牛郎店的付費服務了不成？」

「能迅速而精確地吐槽的真白白也很了不起耶。」

@我前幾天下錯訂單，送來的不是一百罐強零，而是一百箱強零。

因為沒辦法退貨還請幫幫我我什麼都願意做。

如果是小咻瓦，要幹掉一百箱應該不是問題吧……？@

@有人貼過的話先說聲抱歉。

首先，把強零倒進泡澡桶裡，接著把直播主放進強零桶釀造。

如此一來，就能做出「某人口味」的強零了。小咻瓦覺得誰的口味會是最好喝的呢？

另外，由於本人曾經表示淡雪小姐和小咻瓦是不同人，所以我也想問問淡雪小姐的看法。

個人是希望將淡雪小姐放進去釀造，在變成小咻瓦之前撈出來，重複這樣的工序十次以上。

最後在瀕臨爆發的她身旁品嚐淡雪口味的強零。@

「好的，因為偶然看到對買了一百箱的仁兄可說是最佳解方的蜂蜜蛋糕，所以同時介紹這篇的啦！」

「投稿的仁兄為什麼認為泡強零澡的點子會和其他人重複呢，真是不解之謎。」

「我說不定想到了一個很不得了的點子——如果我的身體能排放出強零高湯，就可以進桑拿房收集強零汗水↓喝掉↓進桑拿房……只要重複這種動作，是不是就能完成無限暢飲強零的永動循環呢？」

「好厲害的點子呢，就連愛迪生都會嚇一大跳喔，因為太蠢。」

「順帶一提，最想喝的直播主口味是真白白喔。淘氣的外表底下是溫柔甜膩的滋味♪」

「///！來讀下一則啦！」

：草上加草。

：提議泡強零澡的仁兄好像是個虐待狂啊笑。

：嗯？你剛剛說什麼都肯做是吧？

：認真嬌羞的真白白太棒啦。

：果然這一對就是對味。

@小咻瓦之前有開過動車台對吧？有哪款遊戲想和其他直播主一起玩嗎？像是對戰類型、合作過關類型，或是和晴前輩開轉蛋台之類……@

「啊，遊戲啊……啊，我最近對恐怖遊戲有點興趣呢！」

「哦，以小咻瓦來說倒是挺意外的選擇呢。理由是？」

「因為我覺得自己可以！」

「也就是純粹的臨時起意呢。咱已經可以看到妳後悔不已的模樣了。」

@喝啊！（丟掉碎冰錐的聲響）

我要……解決一切（的企業規範）！

試驗！噔！噔！噔！噔————！轟轟————！

「就讓你見識……強冽試驗的力量！」

（我）「不行的！其實，這罐酒的酒精濃度連10％都不到！」

（路過的路人）「不，他辦得到。」

嗶嗶嗶嗶……（向上拋出碼表）

喝啊啊啊！（連續揮舞碎冰錐）

嗶！（接住碼表按停）

「9．8%……就是你抵達絕望所需的酒精濃度。」

（壺婆）「嗚喔啊啊啊！」（爆炸）@

「白熱化的情節（註：此段為惡搞特攝影集「假面騎士W」第三十六集）讓人潸然淚下！」

「一如往常，這已經連問題都不是，只是頂著蜂蜜蛋糕名號的複製貼文介紹呢。還有，這到底是在和什麼戰鬥啊？應該說連橋段都是斷斷續續的吧？況且『路過的路人』就只是一個人，沒必要強調兩次『路』吧。」

@咚～Hazard On～

氣泡酒！

檸檬！

超級最佳組合！

噔叮噹！噔叮噹！

噔叮噹！噔叮噹！

強零咕嘟！啊好爽喔喔！

強零咕嘟！啊好爽喔喔！

Are you ready?

33-4（註：典出2005年日本職棒季後賽，千葉羅德海洋隊對上阪神虎隊時連下四城，最終總分更是來到三十三分比四分，之後33-4便在日本成了一種調侃性的網路流行語）（叮～）

失控的開關！強零危機！

不妙啦——！（註：以上整段為惡搞特攝影集「假面騎士Build」的「危險兔坦」型態變身）＠

「大家真的都很喜歡假〇騎士呢！要不要讓下一個系列的騎士用強零來變身呢？拜託邀請我主演吧！」

「咱連原哏都不知道是從哪來的。」

「因為真白白是光〇美少女派的嘛！」

「少囉唆，礙到妳了嗎？」

：（腦袋）不妙啦——！

：為什麼啦！這和強零無關吧（註：當年日本棒球討論版一度掀起濫用「33-4」的風潮，後來引發阪神虎粉絲抗議：「為什麼啦！這和阪神無關吧！」之後便成了既定的回應套路）！

：哎，既然都有用手機或卡片變身的前例，用強零變身也沒關係吧。型態的變化就根據強

零的口味而定吧。

：一早起來打開電視，就看到黃腔連發的爛醉認真百合女出現在螢幕上，這對提神醒腦來說……也未免太棒了吧。

：溫柔的世界。

：關鍵台詞是「來和我S〇X吧！我會救下妳的命的！」對吧。

：比敵方陣營還要邪惡笑死。

：其他還有「S〇X來啦！」「來，S〇X TIME到了！」「奶奶是這麼和我搞的」「我只是路過的變態騎士，你給我記住了！」「燃燒人生吧！」「來吧！實驗（意有所指）要開始了！」「總覺得好像約得到！」（註：以上惡搞自多代假面騎士系列的主角關鍵台詞）可以作為備選呢。

：這種英雄邪惡到連死〇看起來都變得可愛多了。

：想不到真白白有這麼少女的一面，超級喜歡

：想像一下蘿莉白觀賞光〇美少女看到入迷的模樣吧。會嗨翻天喔。

「好咧！蜂蜜蛋糕就回覆到這邊，接著來進行今天的企畫吧！」

「瞭解——妳要做什麼呢？」

「欸，真白白啊，對我們直播主來說，每天幾乎都有人願意畫我們的插畫，真的很讓人感激

對吧？」

「是呀。咱也是插畫家，所以對這方面還挺熟悉的。」

「既然如此，真白白想必也知道與日俱增的十八禁插畫的存在吧？」

「哎，是略有耳聞啦。」

「不過，儘管有些直播主會開普通的插畫鑑賞台，介紹十八禁插畫的卻一個也沒有喔！我對現況感到十分悲傷！我希望自己呱呱墜地的模樣不只能存在於檯面下，也能在陽光照得到的地方大肆公開呀！」

「這是新種類的暴露癖好嗎？」

「於是就有了這次的企畫！我從插畫投稿網站——Pixy上精挑細選了好幾張十八禁插畫，將在此介紹給大家！」

「小咻瓦啊，這個世界上存在著『刪除頻道』這樣的措施喔。咱認為壯烈犧牲系的VTuber實在過於沉重，不太可能紅起來。如果有什麼難受的事，咱都願意聽喔？」

「我沒打算讓自己的頻道被刪除啦！也不是患了心病想自暴自棄！不妙的部位我還是會好好打上馬賽克的！不過之後就有勞您陪我聊些下流話題了嘿嘿嘿。」

「感覺今天這台會開得很累呢。」

「我已經沉迷十八禁插畫到不看就活不下去的地步了，所以還請期待我精挑細選的傑作喔！」

「聽說女性的性慾會在三十至三十五歲的期間到達顛峰，看來小咻瓦還得維持這種感覺整整兩年呢……」

「我才不是三十三歲呢！別順水推舟地亂講話！」

「還沒到那個年紀的話也很恐怖呢。今後的小咻瓦究竟還會進化成什麼樣子呢？」

「所謂的性慾就是罪孽。呵，我可是會背負這些罪孽活下去的喔（得意）。」

「也是呢。」

「妳要否定我呀！被妳肯定的話，我就要在各種層面上變成可憐人了！」

：咦咦？（困惑）

：居然要讓當事人來介紹嗎……（困惑）

：這種對話節奏完全就是在說相聲了笑死。

：收放自如的捧哏和逗哏。

〈宇月聖〉：我也想突操淡雪呢。

：聖大人？

：妳也在看啊www

：聖大人，容我確認一下，您指的是相聲方面的吐槽對吧……？

：提示——發音不對。

：笑死。

「喔，是聖大人啊！幸會幸會！」

「在前輩面前觀看色情插畫，果然是Live-ON風格呢。」

「好啦，開場白就說到這裡。接下來先從相對安全的插畫開始的啦！首先第一張是這個！」

塞滿整個直播畫面的是一張插畫——某人打開了強零的鋁罐用力甩動，將內容物朝著面色潮紅的我潑灑而來的光景。

這張就算不打馬賽克也勉強過關呢！

「啊～好擼好擼的好擼面紙掐住。」

「小咻瓦，妳這個自造詞是聽得出意思的，所以已經出局嘍。還有，不要若無其事地對著自己的淫亂模樣開擼好嗎？」

：色！

：好擼面紙掐住也太糟糕了吧www

：擼過之後掏出面紙掐住，真是行雲流水的標準動作。

：是說，妳都拿了什麼玩意兒給我們看啊……

：就連自己都能成為發情的對象，這是高手境界啊。

「敢問職業插畫家真白白對這張插畫有什麼感想？」

「表情挺不錯呢。可以感受到畫中人雖然害羞，卻仍滿懷期待與好奇的心境，相當出色。至於對象為何是強零這點姑且先不論。」

「是強零才好呀。我們下次就來開個潑酒派對吧！」

「啊，咱還是個人類，所以就心領了。」

「真白白到底把我看成什麼了……？算、算了，來看下一張插畫吧！」

來吧！在此登場的是我個人相當中意的作品。

乍看之下，這張插畫描繪了一絲不掛的我，胯下卻挺立著一個不得了的東西——看啊，這就是閃耀著銀色光芒的斷鋼神劍！

「小咻瓦，這——該不會——」

「沒錯！這是何等美麗……能想到讓我的胯下長出500毫升罐裝強零的點子，品味不錯喔。」

「呃，妳為什麼一副得意洋洋的模樣？要咱幫妳去勢嗎？」

「我可以把這句話解釋成妳想和我S〇X，順便把罐子裡的東西喝個精光嗎？」

「不可以。」

「好啦，敢問職業插畫家真白白對這張插畫有什麼感想？」

「妳是要咱對這種玩意兒做出什麼感想啊？哎，至少畫功很出色啦。嗯，正因為畫功出色，看起來才格外離奇。」

「就我個人來說，選用500毫升罐裝酒真的是別出心裁。這人很內行喔。」

「咱雖然不懂內行的點在哪，但還是明白這世上有些事情果然是不知道比較好呢。」

「這是哲學話題嗎？」

「這張插畫才哲學吧？要是幾千年後的人們挖掘出這種插畫，肯定會抱頭叫苦的。」

：草生得太多，要長出世界樹了。

：把罐子裡的東西喝個精光……沒必要連這種地方都用強零來借喻吧www

：我看能拿這張插畫來用的人數應該為零吧。

：我有異議！小有素的話應該能拿來用才對！

：無法否定……

：www

：未來的人們「啊？呃……啥？」

：一想像那幅光景就……草！我不生心情就不好！

：你還敢生草——（註：典出漫畫《JOJO的奇妙冒險》第二部當中的角色修特羅哈姆所說台詞「你還敢喝——！」）！

「來看下一張插畫吧！接下來是這個！」

「……欸，小咻瓦，這難道是……」

這張插畫所描繪的，是一絲不掛的我和真白白正感情融洽地玩著成人摔角的模樣。

「喔呵——（｀ω´）這是穩拿諾貝爾色情獎的超級傑作呢！」

「去和諾貝爾先生道歉。咱可是以現在進行式看著合作無間的同期與自己進行性行為的場面，這到底要咱怎麼反應才好啊？這種嶄新又直白的性騷擾行為應該不常見吧？」

「順帶一提，這個被我馬賽克的部分所描繪的，是我長出了性慾之鑰刃對著真白白的鎖孔喀嚓喀嚓的光景喔。」

「雖然上一張圖也一樣，小咻瓦，妳應該要對自己的胯下長出東西的情境感到困惑才對吧？妳基本上還是個女生吧？」

「哎呀——畢竟我已經對長出那話兒的創作很習慣了嘛。搞不好是全直播主中最常被人畫長出那玩意兒的女人呢。為什麼呢？」

「妳捫心自問一下吧。」

：色！！！

：能冷靜應對的真白白也是個狠角色啊。

：不過真白白也是一旦開始畫畫，就會把思路歪去性慾的人呢……

〈相馬有素〉：￥50000

18
不可以給你看喔！

：！？

：咦？是本人？

：丟到上限www

：小有素果然也在看啊

：**全員搞笑藝人（極惡〇道**（註：日本電影「極惡黑道」系列，宣傳標語為「全員惡人」）**風格**）。

「啊？是小有素？初次見面，雖然很感謝妳的超留，但妳也要量力而為喔？」

「真是廣受喜愛呀。」

嚇、嚇我一跳！因為出現得實在太過唐突，我忍不住多看了兩眼。第一次的互動居然是無言地丟了金額上限的超留？這孩子在想些什麼啊？嚇死人啦！

這是她終於找上門來的意思嗎？是要我今後走夜路時最好小心一點的無聲暗號嗎？況且投完超留後，她似乎也沒打算在聊天室裡出聲，真是太奇怪了……

說不定最近會發生什麼不得了的事……總之還是先把注意力集中在開台上吧。

「先、先把話題帶回插畫上吧。真白白對這張插畫有什麼感想？」

「這畫功很強呢。作者很清楚人體骨架的正確位置，看起來相當自然。還有就是很色。」

「對吧，我第一次看到時也是讚嘆不已呢。嘻嘻嘻，真白白能畫得比這位更好嗎～？」

「哦？設計出妳這身美麗姿態的可是咱，可別看扁咱嘍？想確認的話，下次就只在小咻瓦的面前實踐給妳看吧？」

「真是了不起的自信和專業堅持，帥爆啦——真白白真的有辦法滿足我的需求嗎？」

「妳就好好期待吧，咱會使出真本事，讓小咻瓦的身體變得不是咱就沒辦法滿足喔。」

「我媽咪的畫功是世界第一————（註：典出漫畫《JOJO的奇妙冒險》第二部角色修特羅哈姆的台詞「我德意志的科學技術是世界第一——！」）！」

：怎麼回事？明明聊著很正常的內容，卻有種聽到了禁忌話題的感覺。

：如果把她們對話的主詞從繪畫改成其他東西，將會獲得無上幸福喔。

：真白白使出渾身解數的無心誘惑。

：引人遐想。

：不過真白白的畫作真的是藝術品。

在那之後，我也順利地介紹了搞笑和認真各占一半比例的插畫作品。

雖然真白白一開始說覺得這次的開台會很傷神，但體內的插畫家之血似乎依舊沸騰了起來。

隨著時間經過，她表現得愈來愈來勁。

「這張插畫有種獨樹一格的感覺，很不錯呢。」

「哦，居然挑上了這張我不知為何紅著臉開始倒數的插畫，真白白的眼光果然獨到。這張插畫的真意，只有好色的人才察覺得到喔。」

「小咻瓦試著演示一下給咱看吧。」

「ＯＫ。三……二……一……強……〇……零……」

「氣氛都被妳搞砸了。」

：喂www

：我原本以為這下糟糕了，但她還是壓不住對強零的慾望啊。

：她肯定完全不覺得自己做的事很糟糕。

：是說這插畫的品味也太強了。

：到底是在倒數什麼呢——

「差不多該來看最後一張插畫了！這張也挺好的嘛。」

「咦？等等，小咻瓦，這是不是有點不妙？」

「咦？我有好好打上馬賽克呀。」

「確實有遮到重點部位，也沒違反規約，不過膚色比例似乎踩到了灰色地帶……咱雖然覺得這應該尚未越線，但最近的標準還滿浮動的……」

咦？我雖然玩得這麼凶，但到現在都還沒被刪除頻道過，這下到底該怎麼辦啊？

「真、真假？糟糕，該怎麼辦才好？得遮起來才行！呃、呃、得、得用我來遮住才行！」

「咦？」

我連忙大幅放大自己的化身，擋住了插畫。

「呼、呼，這下就放心——」

「不，根本不是放心的時候啊。不要拿自己的身體當馬賽克啦。」

「事出突然，我能想到的只有這麼做了……」

「呃，不過直播看起來是沒出事就是了，很好很好。」

「哎呀，居然拿真白白賜予我的身體做這麼奇怪的事，實在非常抱歉……」

「沒事沒事，既然是突發狀況，腦袋轉不過來也是很正常的嘛。」

「我下次會正確使用我的身體，讓真白白也能感到滿足的！喏，妳看！這就是我上上下下的活塞運動！」

「哇——好厲害——」

：巨大的小咻瓦看了只能生草。

：得用我來遮住才行（守護神）。

：擋得好。

：真是個有趣的女人。

：真白白己經連吐槽都懶了笑。

「不過，咱也沒辦法一直陪著妳開台注意這些事，妳今後可要好好注意呀。」

「嗯，我會銘記在心的。本來以為堅守規範就不會有事，所以才會一時失察……好啦，因為剛剛的就是最後一張，差不多該做個收尾了！」

「好哩——」

「感謝各位的收看！下次見！真白白也辛苦了！」

「謝謝大家，辛苦了！」

我關掉開台畫面，向真白白送出了感謝訊息。

「喔？」

就在我送出訊息，正打算關掉通訊軟體之際，經紀人鈴木小姐突然打了電話過來。

「喂，妳好。」

「啊，一直以來受您關照了，我是鈴木。雖然是確認您已經關台才撥了這通電話，但不曉得您現在是否方便說話呢？」

「一直以來受您關照了。我現在沒事喔，請問有什麼事嗎？」

「呃～這個嘛，老實說，打從好一陣子之前，我就收到了與雪小姐合作的委託……」

素來心直口快的鈴木小姐，居然難得地在說明來意時顯得拐彎抹角。到底發生什麼事了？

「哎，一直這樣吞吞吐吐的也不是辦法。我就開門見山地說吧——相馬有素小姐捎來了合作開台的委託。

「啊～……」

「而且是從出道之前就發來的。」

「從出道之前嗎？」

她果然完全是衝著我來的嘛！這就像已經說好要參加聯誼，結果卻在幾天前邀人上旅館一樣！太躁進了！

「咦？如果她這麼早就發出了邀約，怎麼會到今天才通知我呢？啊，不是的，我沒有責備鈴木小姐的意思，純粹只是感到在意。」

「因為她是個感覺不按牌理出牌的人呢。雖說人事部門表示她是個好孩子，要我放心，但我姑且還是在她聯絡雪小姐之前打了個商量，由我對她進行考核。」

喏，這不是完全被當成危險人物看待了嗎？雖然完全是自作自受啦。

照這樣看來，她剛剛之所以會一聲不吭地投了直抵上限的超留，說不定也是因為無法直接和我聯繫，又打算表示一下自己的心意，才會用這種迂迴的方式……

「於是……嗯，我觀察了一陣子後，認為她雖然喜歡雪小姐，但不是會對雪小姐造成麻煩的孩子，所以才會向您聯繫此事……您怎麼看？」

「啊～……既然鈴木小姐都這麼判斷了，應該不會有問題才對。那我就開開心心地合作去啦。」

「感謝您願意寬心以對。有素小姐一定會很高興的。」

「不會不會，我現在都是前輩了，所以也想趁這個機會擺出前輩風範呢。」

鈴木小姐似乎只是來聯絡這件事而已，我們的通話就此結束。今後，小有素似乎不再需要透過他人轉達，可以直接和我聯繫了。

不過，我已經是前輩了啊……儘管還沒什麼實際感受，但既然身為老鳥，就不能讓她看到難堪的一面。雖然不想出糗……不過面對小有素時，究竟該怎麼應對才算得上是正確答案呢……？

一直以來都是我追著別人跑，如今的我卻成了被人追著跑的立場。我懷著這般從未體驗過的恐懼感，就此墜入夢鄉。

黑歷史回顧台

距離四期生驚天動地的出道開台，已經過了大約一週。

三人似乎都發揮了自己獨特的個性，回應眾人的期待活躍著。

身為前輩的我為了不落人後，今天也坐到電腦前開台。只不過……

「……大家好，今天下的淡雪好像不太美麗呢——」

嗯，我可以肯定自己過去從未用過這麼低氣壓的語氣和觀眾打招呼。

雖然這樣說有點自賣自誇，但既然已經能靠這行吃飯，代表我也是一名專業的直播主。為了讓觀眾們開心，我總是抱持全力以赴的工作態度。

可是，可是啊。

「報告！相馬有素來報到了是也！」

倘若眼前有顆彷彿隨時都會爆炸的超巨大炸彈，各位還有辦法維持臉上的笑容嗎？

：來了來了來了來了！　¥3000

：我活到現在就是為了看這場合作。

：是一場挺讚的合作呢！

：小淡的情緒有夠低落，草上加草。

：畢竟自介時講了想要自己喉嚨雞〇的傢伙就在旁邊，這也難怪。　¥300

：對於一直以來對著其他直播主性騷擾的小咻瓦來說，小有素無異於一記反擊拳，大家就拭目以待吧！

：我會以淫還淫！加倍奉還！

：不妨奉還些更正經的東西回去吧。

：是說真虧妳居然會應允這次的合作啊www

「不……嗯……哎，畢竟我是前輩，當然要給個面子啦。當然的。」

在終於來臨的合作開台當天，我雖然一直為「不知道會發生什麼事」的風險感到苦惱，但拒絕小有素的選項終究是不存在的。

畢竟小有素才剛出道，現實生活想必也是忙碌不堪吧。正因為我自己是過來人，才想以前輩的身分給予協助。

況且，若是在這個節骨眼上拒絕她的合作邀約，受到打擊的小有素恐怕會喪失自信，就此變得一蹶不振。我說什麼都想避免這種狀況。

所以要合作開台當然沒問題。雖然沒問題……

但她在說特上用私訊功能聯絡我的時候，光是邀約信就打了足足三千字！可以不要這樣嗎！

我當下看到可是嚇了一跳，以為她在寫小說喔。如果早先收到的就是這類信件，也難怪鈴木小姐會提高戒備了。

內容寫著包括「今天是良辰吉日」等問候用詞，寫得相當用心……但還是太長了啦！

前言的部分寫得特別長，在終於進入邀約合作的主題時，我已經讀了差不多一千六百字了呢。

妳也替我著想一下啊，我可是一邊害怕「會不會和我要喉嚨的雞〇」，一邊讀了超過一千六百字的文章啊……

「哎呀，今天真是我人生之中最棒的一天是也！畢竟我的神明——淡雪閣下要和我連動合作了是也！」

「我什麼時候成神了來著？」

「您是強零之神喔！」

「喂，這種神明的存在也太罪孽深重了吧。不能換個頭銜嗎？」

「還有黃腔之神、嘔吐之神及癖性之神等供您選擇！您要以何種頭銜自稱都無妨是也！」

「這位神明的腦袋裡該不會爆發了諸神黃昏（註：北歐神話裡眾神明互相開戰的末日劫難）吧？」

：就是妳啦！

：就是妳啦！

：既然用諸神黃昏來形容，難道說Live-ON其實存在於神話之中的世界嗎……？

：畢竟盡是些不像是人界土生土長的超常人才啊。

：我論宙斯就是小淡，根據是都喜歡女人。

：這考據之隨便真是前所未見。笑死。

：這會讓她變成全痴全能之神，所以還是住手吧。

「好啦，開場白就說到這裡。基於小有素的提議，今天的企畫完全交由她來執行，連我都不曉得企畫的內容為何。老實說，這完全像是向著肉眼可見的地雷一腳踏去的行為……小有素，麻煩妳說明企畫內容。」

「………」

「咦？小有素？」

「請您稍等一下是也，因為我正在用錄音器錄下淡雪閣下喊我名字的聲音。」

「咦？妳在做什麼？要拿這聲音來做什麼？」

「是為了拿來使用的是也！」

「使用？要用在什麼地方？」

「我打算用在安慰自己上是也！」

「真想痛揍立刻就聽懂的自己一頓。」

：小有素真是一鳴驚人啊……

：畢竟她在開台時比起談論自己，談論小淡的時間占得更多嘛。

：我看過小有素的直播台，看到她以赫茲為單位分析小咻瓦的聲音時只能生草。

：明明在唱歌直播時就表現出了不愧偶像之名的帥氣風範……

：能用同樣的詞彙表現各種不同的情境，日文真是詞藻華美。

「呼、呼，已、已經不能再把時間浪費在開場上了，所以就到此為止吧！快點說明企畫內容吧！」

「暸解是也！這次的企畫就是！『鏘鏘！兩人一起觀賞小咻瓦誕生的瞬間吧！』是也！」

「呃——各位觀眾，非常遺憾，淡雪似乎馬上就要停了。儘管感到可惜，但今天的直播就到此為止。讓我們於下個淡雪飄零之際相見吧。」

「等等！等等是也！現在連企畫都還沒開始是也！您怎麼會突然做出這種反應是也？」

「什麼叫這種反應！為什麼我非得再次回顧自己的黑歷史不可！」

「奇怪，我記得淡雪閣下曾說過小淡閣下和小咻瓦閣下在設定上是不同人是也。照此看來，您剛剛這段發言似乎有些前後矛盾是也？」

「小有素，這世上存在著所謂的不成文規定，懂了嗎？」

「啊、遵命、是也。」

「好咧！如此這般，這次的企畫就當作不存在……」

「這可不行是也！為了這次的企畫，我花了整整三十個小時研究小咻瓦誕生的瞬間！這肯定也是能讓各位觀眾閣下感到開心的企畫是也！」

「小有素，時間是有限的，是限量的東西啊。妳要不要趁著這次機會，好好學習時間的正確使用方式呢？」

「？把時間花在淡雪閣下以外的人身上，究竟有什麼價值可言是也呢？」

「噢……就各方面來說都讓人想哭……」

快醒醒啊，小有素，妳憧憬的對象可是Live-ON界的搞笑角色喔！

喏，妳應該挑個更正經點的，像是詩音前輩……還有……呃……

啊，這下完蛋了。Live-ON除了四期生之外明明有多達八人的直播主，然而撇開詩音前輩，其他人卻一點常識也沒有。

真是溫馨又通風（所有人都不遮掩本性，把牆壁拆光光的地步）的職場啊。

總有一天，Live-ON應該會被歌頌為良心企業吧。

倒不如說詩音前輩為何會被錄取，才是Live-ON最大的不解之謎。

好啦，差不多該言歸正傳——

「……妳真的打算搞這個？」

「是的是也！……當然，如果您說什麼都不願意，我也會乖乖放棄是也喔？」

「哎呀呀，我只是有些吃驚，這點小事沒在怕的，況且螢幕前的各位觀眾們似乎也相當期待呢。我的聲音可是在各種影片裡被當成免費素材大肆使用，可別低估了我心胸的寬大程度呀。」

「太棒了是也！影片就從淡雪閣下的頻道借用了是也喔。」

「瞭解。」

關於那起忘記關台事件的影片，起初當然沒有留下存檔，但因為被剪成精華集的次數太多，加上大家似乎都希望我留下檔案，於是在我本人也認可的前提下，我再次將當時的直播檔案上傳到自己的頻道。

儘管播放次數相當驚人，不過想當然耳，我至今從未點開來看過。

到底會是什麼樣的內容呢……

「好的，準備完畢是也！這次精選了從忘記關台之後到後面的單人開台為止的經典橋段，讓我們一一看下去是也！」

「咕嘟……」

『噗咻！咕嘟、咕嘟、噗哈——！』

啊，這是我首次在觀眾前喝酒的橋段呢。當時我是真的以為直播台已經關掉了。

「這就是小咻瓦閣下的初試啼聲是也呢！」

「不不，初試啼聲是『噗哈』也太不對勁了吧？」

「不是因為強零成了羊水是也嗎？」

「妳的思路也太過自由了吧？是天才嗎？」

「我是透過網路新聞才得知這場直播，沒有在第一時間跟到直播是也。對於那些見證傳說的人們，我真的感到相當羨慕是也……」

「不不，那才不是什麼傳說，只是單純的開台意外，是把一個女人的人生變成笑料的瞬間啊。」

「請您不要表現得這麼卑微！對我來說，這等同於神明誕生的瞬間！若說聖女貞德聽見了神明的聲音，我便能拍胸脯保證自己聽見了小咻瓦閣下的聲音是也！」

「這種充滿酒臭味的聲音就別聽進去了……」

『嗚哈——！果然500毫升罐裝酒開起來的聲音就是爽啊！』

「這是瞬間飲盡一罐350毫升罐裝酒後的聲音呢。」

「回首過往，這時的我實在喝得太瘋。現在不會再用這種牛飲般的步調狂喝了呢。」

『嗄？她也太好擼了吧？身為小光媽媽的我看了這樣的直播，豈不是要擼爆了嗎？』

「啊啊啊快來人阻止這個女人啊啊啊啊！」

醜態畢露的光景讓我忍不住塞住耳朵。

我都講了些什麼莫名其妙的話啊！

「不僅自稱同期的媽咪，還做出義正辭嚴的好擼發言，實在讓我相當敬佩是也！我也會努力精進，以有朝一日成為您的配菜為目標的！」

「小有素，冷靜一下。現在還來得及回頭，妳還是去和雙親好好聊聊，重新決定一下將來的出路吧。」

「我已經取得了父親和母親的許可是也！為了讓他們理解，我們三人也曾一同觀看過淡雪閣下的直播台是也！」

「喂妳搞什麼鬼啊？我可是人稱『客廳的永恆強力冰風暴（註：Eternal Force Blizzard，為早期日本網路討論版2ch網友創作的必殺技，效果為「對手會死」）』或『在收聽之前一定要確認過耳機有沒有接好的直播主排行榜冠軍』的存在喔！」

「母親的感想是：『哎呀，和年輕的我可真像！』父親的回應則是：『哈、哈、哈！為什麼要表現得這麼謙虛啊！』如此這般，我們度過了一段非常融洽的鑑賞時光。」

「咦？什麼意思？從剛剛那段對話來看，令堂是不是個相當糟糕的人物啊？」

：盡是些超脫現實的對話，只能在一旁生草了。

：我還是首次在對話中聽見羊水這個詞彙。　¥20000

：我若是鼓起勇氣，也能和女孩子聊天嗎？

：今後每天都去和女生搭話吧。

：就算神經接錯線，也別和女孩子提到羊水的話題喔。

：真假？我原本還想用「我最近很瘋那個羊水啊～」作為話題和女生搭話呢。

：請期待處男老兄的下一檔作品（下輩子）。　¥1000

：小有素的家族是怎麼回事……

：果然遺傳是很厲害的呢。

：妳全家都Live-ON嗎？

「那麼，忘記關台之際，由於淡雪閣下並未維持開台的情緒，因此發言次數甚少。為此，我打算接著播放其後的『單人開台』著名橋段是也。」

「嗯，老實說那些都是在自言自語呢。」

「我雖然也很想把嘔吐式關台加進企畫之中，但最終還是被公司制止了是也。非我所願是也。」

「根本理所當然。為什麼我還得聽自己嘔吐的聲音……」

「因為有這樣的需求是也。」

「沒有這種需求。」

「我將那段聲音剪輯成重複播放的音訊檔案，現在是我的安眠曲是也。」

「妳的耳朵會壞掉啦。」

「那麼，接著來觀賞『單人開台』的知名橋段吧！由於這次開台有太多讓人熱淚盈眶的段落，讓我在揀選時傷透了腦筋是也！」

「咦？那場直播有任何哭點可言嗎？就算會流眼淚，應該也是笑到噴淚才對吧？不過我的確是快哭了啦，因為自己的醜態實在是太過難堪了。」

「我看得淚腺都要崩潰了是也！小咻瓦就是人生是也！」

「真的嗎？哎，說不定還真有微粒子等級的可能性是我記錯了，那其實是場賺人熱淚的感人橋段呢。總之就來看看吧。」

「好的是也！那麼第一幕就從傳說級的名言開始是也吧！」

『咕嘟、咕嘟、咕嘟！嗯嗯嗯好爽喔喔喔喔！』

「妳當時應該不是淚腺崩潰，而是腹肌崩潰或精神崩潰才對吧？」

「究竟該怎麼做才能發出這種喝到超爽的聲音呢，真是不可思議。即使我再怎麼練習也做不來是也……」

「做這種練習會被人報警啦……」

「以我個人的角度來說，這也是最棒的『咻慰』點是也呢！」

「咦，妳剛剛說了什麼？妳是不是講了很不得了的東西？咻慰是什麼東西？」

「…………（臉紅）……是我的日課是也。」

「　　　　　　　　　　　　」

：無法避免的大草原。

：咻慰這種癖性是不是太特別了點？

：啊——這我超懂。我也經常拿小咻瓦喝到爽的這瞬間讓我的小老弟喝強零喝到爽。

：真希望這是常見的海外仁兄用機翻翻錯的句子。

：我退避三舍得太過頭退回家了，剛繞完地球一圈。

『我決定要和強零結婚了。』

「這可是強悍情敵誕生的瞬間呢……」

「不不，妳的意思是超商有在賣的罐裝氣泡酒是妳的情敵？妳該不會是掉進了鼻毛〇拳的世界裡了吧？」

「小咻瓦和強零是最為王道的配對是也！兩人的羈絆固若金湯，但我也不會認輸的是也！我一定會成為淡雪閣下的女人！」

「嗯，關於這方面，我有件事想知會觀眾們一聲。昨天我在和真白白合作之前做了相關調查，結果發現投稿在Pixy網站上的插畫作品中，和我配對最多的居然是強零，請問這是怎麼回事呢？強零甚至不是一名直播主啊。」

「淡雪閣下的小指和強零閣下的拉環，已經被紅線連結在一起了是也呢！」

「真是浪費紅線的行為。還有啊，就算退個一百步承認這樣的配對存在好了，但以我和強零為主題的十八禁插畫到底是有什麼毛病？」

：www

：的確是很鼻毛〇拳笑死。

：比和真白白還多喔笑死。

：居然有這種玩意兒喔www

：是將強零擬人化的作品嗎？

：不，維持罐狀的作品也很多喔

：我的腦袋已經跟不上話題內容了！

：你各位多畫點小咻瓦和強零的百合色情插畫啊。

：這什麼勁爆發言笑。

「那麼！最後則是名言四連發是也，請看！」

『嗄？我超喜歡對方對性一無所知的情境好嗎？不擼的話才叫沒禮貌吧？』

『倒不如說，男人在感受到女人魅力的當下，就該把褲子脫了開擼才對。女人喜歡的就是這種心直口快的男人喔。』

『聖前輩，詩音前輩，我一直很愛妳們。請以S〇X為前提和我結婚吧。』

『你各位想想啊？自己最喜歡的直播主出現在眼前了耶？她們都是我的精神糧食喔？一般來說都會想獲取和她們S〇X的許可吧？』

「啊啊啊這開口就是性邀約的女人在說什麼啊！殺了妳！這人不殺掉不行啊啊啊！！！」

「嗚、嗚嗚，這是多麼真摯而不帶一絲雜念的名言錦句呀……嗚！拜淡雪閣下之賜，我才終於明白自己真正想做的事情為何是也！謝謝您！謝謝您降生到這個世界！謝謝您喝強零給我們看！」

：像是警察看到連續殺人狂的反應笑死。

：松田啊啊啊（註：典出漫畫《死亡筆記本》中松田桃太對夜神月開槍的橋段）！

：以為條條大路通S〇X的女人。

：嗚哇——這就是所謂的貞操逆轉世界嗎？

……是我們生活的現世喔。

各位觀眾想必也都有一、兩段黑歷史吧。

儘管放心！因為這世上也有我這種一舉一動都會在下一秒變為黑歷史的全自動黑歷史生產機呀！

直播結束後，我念咒似的重複呢喃著：「我再也不要回首過往了。」

動物神奇習性搶答賽

與小有素合作過的隔天，另一名四期生也順勢捎來了合作邀約。一想到有後輩希望邀我合作，我的內心就一陣得意。

和小有素的合作似乎成了契機，使她湧現「那我也要！」的幹勁。況且意想不到的是！她居然發了一篇文情並茂且充滿常識的邀約信來！

居然擁有常識……多麼優秀的後輩啊……我都要感動得哭出來了……

況且這次不只有我，而是合計四人參加的中型合作！我要卯足全力上啦——！

「呀呵～大家～！過得好嗎～的喲～！讓大家久等了，我是愛萊動物園的苑風愛萊的喲！今天邀了三位美妙的嘉賓來動物園玩了～的喲～！」

「噗咻！大家安安，我是發情期全年無休的小咻瓦的啦！」

「喵喵！硬要說的話，我覺得自己是比較像是被動物園飼養的那一方呢。我是晝寢貓魔喔！」

「好光光！祭典的光芒招來人群！我是最喜歡動物的祭屋光——！」

嗯，如各位所見，我今天接受了後輩——小愛萊的邀約進行合作開台。

小愛萊表示自己想到了一個很有意思的企畫，希望我們這些前輩前來參加。由於提案人是小愛萊，所以在這場直播之中，她自然就擔任起主持人的職務了。

啊，你一定在想：「這個在自介之際比起介紹自己，花了更多篇幅在講大猩猩的傢伙哪可能好好當個主持人啊！」對吧？

小愛萊在正式開台之後逐漸闖出了名氣。讓人意外的是，她其實無論是在耍笨或吐槽方面都有著相當不凡的造詣喔！

因此，她今天展露的主持功力也是本次開台的注目焦點呢！

：園長來了！

：噗咻！

：這陣仗是怎麼回事……

：好濃烈，這個組合的個性實在太濃烈了，簡直就像天〇一品（註：日本的拉麵連鎖店）的濃厚拉麵一樣。

：光是把她們的叫聲轉換成日文就完全變成動物園了笑死。

：園長罩得住嗎？總覺得不是詩音媽咪出馬的話控制不了這些人啊。

：她之前和那位性大人合作時也能一直把持住對話主題，說不定能熬過這關呢。

：從那甜膩的口吻中總是會迸出一針見血的吐槽，超喜歡。

：發情期全年無休確實是共識無誤。

「雖然先前已向參加的各位前輩說明過了，但請容我在此正式做個介紹。這次的企畫就是！『動物神奇習性搶答賽』的喲！園長接下來會介紹擁有神奇習性的動物們，然後讓前輩們猜出牠們的特殊習性的喲～！啊，當然，出題時是不可以偷看聊天室的喲！」

「包在我身上，喝過強零的我已經沒有弱點了。」

「我會善用劣質遊戲的知識加油的——」

「為了這一天的勝利，我昨天整天都在做快速按鈴的練習，還做了冥想強化專注力，所以今天的光是無敵的喔！」

「沒有人的準備是和動物有關的喲～？」

：這下完了。

：我猜小光是想光明正大地一戰，才刻意不去準備相關知識。

：www

：其他兩位則是一如既往的傻蛋。

：感覺接下來會接連發生一認真就輸了的情境，我還是趁現在灌了強零吧。

：原來如此，這就是所謂的解醉酒（註：日本民間療法，讓宿醉的人喝酒，藉此減緩宿醉症狀）嗎？

：絕對不是……

「諸位前輩已經做好搏君一笑的準備，看來會一如愛萊當初的事前心理建設，變成大喜利大會的喲～那麼馬上出第一題嘍！第一位動物大人是這位『鴨嘴獸』的喲～牠的身體看起來像是小型海獺，河童般的喙更顯得特色十足，是一種非常可愛的動物大人的喲！鴨嘴獸是有著諸多奇妙特徵的生物，只要猜到其中一點就算是正確答案的喲～因為很好猜，我特地讓鴨嘴獸大人擔任第一棒的喲！前輩們若想到答案，還請按下我事前傳過去的『叮咚！』音效檔案的喲。」

我將滑鼠游標放在顯示於畫面的音效檔圖示上。

看來小愛萊有做過安排，讓她可以辨識出是誰按下音效檔的樣子。

那我就一馬當先啦！

叮咚！

「好的，請小咻瓦前輩回答的喲！」

「牠能用那張自豪的喙做出驚世駭俗的口淫行為。呵，這下得手了吧。」

「猜錯了的喲～要不要我拿鴨嘴獸的喙緊緊堵住您那張滿口黃腔的嘴巴的喲～」

叮咚！

「好的，請貓魔前輩回答的喲！」

「其實喙的部分會以小數點以下的機率掉落。」

「猜錯了的喲～不盲信黑本（註：指遊戲「Final Fantasy戰略版」的遊戲攻略本，由於封面為黑色而有黑本之稱。「小數點以下掉落～」指的是當年攻略本刊載的錯誤資訊，主張「特定道具即使獲取機率顯示為零，也因為遊戲中不會顯示低於零的數字，有小數點以下的機率可以獲取」。後被眾多玩家證實為謬誤）刊載的資料才是正確答案的喲～」

叮咚！

「好的，請光前輩回答的喲！」

「其實摘下牠的喙就能看到藏在底下的巨大傷疤，但那是牠過去祖護重要夥伴時所留下的名譽負傷。為了再次守護重要的夥伴，牠即將展露自己的疤痕，解放自己真正的力量。」

「猜錯了的喲～說起來這算得上是解答嗎的喲？」

唔，三個人都答錯了嗎？真是意外地困難呢（語氣呆板）。

：不要在首次合作的後輩節目上進行前戲話題啦www

：（笑點）得手了呢。

：快察覺妳為了獲取笑點而犧牲了更為重要的東西啊（笑）。

：黑本……是死亡〇記本嗎？

：那確實殺死了不少相信黑本的玩家們的心靈呢……

：小光真是熱血沸騰呢！

：說起來這三個人的答案都不算是答案啊……

「因為已經回答了三次，要公布提示的喲～提示是『明明是哺乳類，但是～』的喲！」

叮咚！

「好的，請小咻瓦前輩回答的喲！」

「想吸奶。」

「猜錯了的喲～園長想聽的是解答，沒人想聽前輩的心願的喲～」

叮咚！

「好的，請光前輩回答的喲！」

「會脫皮！」

「唔嗯——猜錯了！不過猜的方向很不錯的喲～！」

叮咚！

「好的，請貓魔前輩回答的喲！」

「像是會產卵之類的？」

「喔，正確答案的喲～！了不起了不起的喲！」

：哦——（致敬冷知識之泉（註：日本節目，在介紹各種小知識後，開放現場來賓按下發出「哦」聲響的按鈕，並以合計數量作為評分）**）**

：真的假的？為什麼這傢伙生出來之後會變成哺乳類啊？

：因為牠是個以水中生物為食，卻沒辦法在水裡睜開眼睛的傻蛋呀。

：這種看不出是進化還是退化的生物其實是自然界的活化石笑死。

：老實說挺可愛的，超喜歡。

唔唔唔，看來被貓魔前輩先馳得點了呢。

我、我如果拿出真本事，也是能得分的！

淡雪我——將在下一題認真起來！

「那麼接著出第二題的喲！下一位動物大人是這位『倭黑猩猩』喔！這位動物大人也被稱作『侏儒黑猩猩』，外表看起來像是體型較小的黑猩猩，性格則非常聰明且愛好和平的喲～接下來要出題的喲！愛好和平的倭黑猩猩在氣氛緊張——比方說即將爆發衝突之際，會透過某種行為來緩解氣氛。請問那是什麼樣的行為的喲～？」

叮咚！

「好的，請貓魔前輩回答的喲！」

「會一起摩擦牆壁進行穿牆除錯，藉此淨空心靈。」

「猜錯了的喲～您是劣質遊戲玩太多，把穿牆行為當成常識了嗎？」

「喵喵，可不要小看劣質遊戲喲！真正的劣質遊戲的字典裡是不存在除錯這個詞彙的！」

「在寫字典之前先把遊戲的程式碼重寫的喲！」

叮咚！

「好的，請光前輩回答的喲！」

「會一起運動！只要一起流下青春的汗水，就一定能理解彼此！」

「猜錯了的喲～不過我個人很喜歡這樣的想法的喲！這就是光前輩的優點的喲～」

「嘿嘿，被稱讚了！」

叮咚！

「好的，請小咻瓦前輩回答的喲！」

「只要喝下強零促膝長談，便能重修舊好！強零一定辦得到的！」

「猜錯了的喲～說起來活在大自然的倭黑猩猩要怎麼喝到強零的喲？」

「不要緊，有強零……有強零在，它一定會設法擺平的……」

「小咻瓦前輩是把強零當成聖水一類的存在了嗎？」

「女孩子的聖水可是蘊含著無限的魅力喔？」

「請不要斷章取義的喲～」

「我就不像小光那樣有什麼值得稱讚的部分嗎？」

「沒有的喲～」

：不妨在重寫程式碼之前把企畫書砍掉重來吧。

：不妨在重寫企畫書之前去理解遊戲是什麼玩意兒吧。

：我也想和小光進行晨間運動大汗淋漓呢。

：好的，有罪。

：等等，看仔細點，他說的不是夜間運動而是晨間運動！這不是健康又美好嗎！

：我是晨間運動哥。順帶一提我的作息是晨昏顛倒。

：好的，有罪。罪無可赦。

：為什麼小咻瓦覺得自己會被稱讚呢……

：既然小咻瓦是女生，就能從她身上採集聖水對吧？

：小咻瓦產出的是過濾後的強零，所以不是聖水。

∴原來小咻瓦是過濾器？

啊！糟糕糟糕，剛剛明明才說過要認真起來，結果仍舊壓抑不住想要笨的慾望啊。

想清楚點，這是在後輩面前表現的大好機會！這次一定要以答對為目標！

根據小愛萊的說法，倭黑猩猩應該是相當聰明的動物吧。以動物而言，會想到和平解決的念頭便已經算是相當先進的思維了。

既然如此，想想聰明的人會在高壓的態度下做出何種反應，想必就能接近答案了吧？（醉鬼特有的莫名理論）

很好，總之先朝這個方向思考吧！

既然如此，只要找個聰明人當範本，應該就很容易想到了吧？

聰明人、聰明人……有誰符合這個條件嗎……

「因為已經回答了三次，要公布提示的喲～提示是『觸碰』的喲！」

叮咚！

「好的，請貓魔前輩回答的喲！」

「一起跳舞之類的嗎？像是社交舞一類的習性？」

「猜錯了的喲～不過感覺上已經相當接近的喲！」

——我說不定觸及了真理。

那遍尋不著的聰明人人選——其實不是別人，應該就是我自己吧？

我比任何人都明白強零的好，況且還在這個崇尚解放自我的時代趨勢中比任何人都更能展露慾望，並站上VTuber界最前線——

真是太驚人了——這就是所謂的丈八燈台照遠不照近嗎？

不過一找到合適的人選，接下來就簡單了！我只要思考自己在緊張之際會採取的行動就行了！而得出的答案——

當然就是S〇X啦！

叮咚！

「好的，請小啉瓦前輩回答的喲！」

「是S〇X！像蝴蝶一樣S〇X！像蜜蜂一樣S〇X！S〇X we can！我好想和雌性S〇X啊啊啊啊！」

「喔，是正確答案的喲！了不起了不起的喲！」

……咦？

「其實對矮黑猩猩這樣的動物大人來說，性行為是與牠們的生活息息相關的喲！為了消除緊張或是促進交流，牠們不僅會和異性發生性行為，就連同性也不例外的喲～所以小啉瓦前輩回答得相當漂亮的喲！」

「小咻瓦好厲害喔！話說回來，S〇X是什麼？」

「怎麼可能……是這個世界出現程式錯誤了嗎？」

老實說，我很清楚自己只是朝著搞笑的方向一路狂奔，想不到居然能答出正確答案……

「難道說——我其實是個聰明人？」

「雖然不明白您在說什麼，但應該不是那麼一回事，所以還請放心的喲！」

：這可真是飛葉風暴（註：遊戲「精靈寶可夢」的草屬性招式）。

：真的假的www

：咦咦咦咦？

：難道說，倭黑猩猩其實是小咻瓦？

：等等，也不能否認小咻瓦就是倭黑猩猩的可能性。

：這下可撲朔迷離了。

「那麼，接下來要提高難度的喲～！下一題的動物大人是『虎鯨』！」

「咦？虎鯨？動物園有養虎鯨？我以為這是水族館在養的……」

「哦，光前輩似乎被刻板印象束縛住的喲！愛萊動物園將動物定義為『會動的生物』，除了一般的動物之外，也網羅了海洋生物、爬蟲類、兩棲類和微生物喔！是虛擬界首屈一指的主題樂園的喲！」

「原、原來如此，是我的視野太狹隘呢！我這下又成長了一步！小愛萊，謝謝妳！」

「拗得可真硬呢～」

「哎呀，貓魔前輩，為了小光好，我們就暫時不要吐槽了。」

「喵。」

反過來說，也代表小愛萊的知識相當豐富呢！

話又說回來，虎鯨啊……小時候的我很喜歡牠的外型呢——不過我家附近沒有飼養虎鯨的水族館，因此不曾親眼見過。

而且喜歡虎鯨是小時候的事了，當時的我只是看上牠的外型，對於詳細的生態根本一無所知。

這說不定是個挺嚴重的問題……

不過，我剛剛也是暗自惶恐了一陣子，最後依舊舉出了正確答案嘛！

哼哼！就讓我連續答題成功兩次，給觀眾們見識一下小咻瓦有多聰明吧！

「虎鯨雖然有著不遜貓熊的可愛外貌，卻是相當強大的生物，說是海中的食物鏈頂點也不為過的喲～雄性體長可以長到六公尺，若從骨架來看，其體型之巨大就連大白鯊都會顯得可愛許多的喲～況且牠們有著海洋生物裡最為聰穎的頭腦，再加上合作無間的團隊意識，使牠們在海中可說是所向披靡的喲！接下來要出題了！光是剛才的描述，就已經足以讓虎鯨穩坐最強寶座了，但牠其實還具備著一個可以用卑鄙來形容的必殺技的喲！這個必殺技究竟是什麼呢～」

真、真假？原來虎鯨有這麼強嗎？是說牠也太大隻了吧？六公尺已經可以算進大鯨魚的分類裡了吧？

明明長得這麼可愛，擁有的強項也未免太多了！我可是因為剛剛的問題而被聊天室說成倭黑猩猩亞種之類的存在了啊！

叮咚！

「好的，請貓魔前輩回答的喲！」

「因為能力值太高，一旦使用提升能力的道具就會造成數據溢位，反而讓能力變弱。」

「答錯了的喲～在回答前一題的時候我就在想，貓魔前輩是不是誤把這個世界當成了劣質遊戲一類的東西呢？」

「我可是深愛劣質遊戲和劣質電影的穢物探索者呢。只要有穢物的地方就會有貓魔喔。」

「您是蒼蠅一類的生物嗎？」

叮咚！

「好的，請小咻瓦前輩回答的喲！」

「鼓吹公司裡存在著共患難同志的思想，讓員工就算身陷加班風暴也不敢口出怨言。」

「答錯了的喲～那不是虎鯨（Shachi）而是社畜（Shachiku）的喲～」

叮咚！

「好的，請貓魔前輩回答的喲！」

「在使用衝撞的同時扭曲空間，增加命中判定。」

「答錯了的喲～水龍的異次元衝撞（註：典出遊戲「魔物獵人」的水龍，在較早的系列作中其近身攻擊有著極為誇張的命中判定，甚至連空曠處都會成為判定點，因而有惡名昭彰的「異次元」之說）這種垃圾就丟給蠢狗吃吧的喲～」

：別玩起大喜利啊www

：這裡不是IPPON大賽會場啊（註：日本大喜利節目，邀請數名演藝圈人士答題競爭，並決定誰是冠軍）。

：小咻瓦回答時的聲音完全像個死人笑死。

：應該是親身體驗吧……

：對於命中判定太誇張的壞孩子，就讓四名槍手出手懲罰吧～

「由於已經回答了三次，進入慣例的提示環節的喲～提示是『超音波』的喲～」

叮咚！

「好的，請小咻瓦前輩回答的喲！」

「可以發出其他生物聽不見的超音波，在大庭廣眾之下大開黃腔。」

「猜錯了的喲～對能坦蕩蕩地向全世界開黃腔的小咻瓦前輩而言，這說不定真的是一種必殺技的喲～」

「我已經把羞恥心給扔了！那種必殺技對我來說是不需要的！」

「對虎鯨大人來說更是不需要的喲～」

叮咚！

「好的，請貓魔前輩回答的喲！」

「可以乘著龍捲風飛上天，引發風飛鯨。」

「請不要說得像是風飛鯊一樣的喲！另外明明都給了提示，卻一點也沒有帶到的喲～」

「喵喵——！居然連風飛鯊都曉得，妳真是見多識廣呢。」

「如果不當成鯊魚電影而是喜劇電影來看，這部電影便是神級作品的喲～」

叮咚！

「喔！蓄勢待發的光前輩按下按鈕了！請回答的喲！」

「呵、呵、呵！不好意思了，兩位，看來我似乎已經先一步想到正確答案了呢。」

妳說……什麼……

迄今一直保持著沉默的小光，難道已經在暗地裡超前了我們好幾步？

「根據小愛萊的說法，虎鯨可不是一般的強者，而是強者中的強者——也就是真正的強者喔。是以我的回答如下！真正的強者無須動手，只用眼神就能擊倒獵物了！」

……什麼嘛，這不就是平時中二病發作的小光嗎！

她憋了這麼久才想出這麼一個答案，害我還抖了一下。

呵呵，小光啊，妳其實犯了一個錯誤喔。

用這麼強硬的口氣說話——會讓妳看起來更弱小的（註：典出漫畫《BLEACH死神》藍染惣右介的台詞）。

「喔！這就算說是正確答案也不為過的喲～！了不起了不起的喲～！」

「真的嗎？太棒啦——！我終於也答出正確答案啦——！」

妳說……什麼……

「虎鯨大人可以凝縮超音波，向獵物發起攻擊。即使相隔一段距離，也能麻痺獵物，使其無法好好游泳的喲～」

原來如此。用強硬的口氣說話，看起來會更為弱小——這句話確實可以套用在現在的我身上呢。我果然所言不虛。

被特大號迴力鏢打中的就是我自己……

「下一題是最後一題，所以是不容分說的超級難題的喲！」

唔，下一題就是最後一題，以三人都各得一分的現況來說，一旦答對下一題，就能稱霸這次的企畫了呢。

這下可得卯足全力（挖掘笑點）了呢！

「繼虎鯨之後，接下來登場的也是海洋生物的喲。下一題出場的是『鮟鱇魚』大人的喲～」

哦——哦——這下子又來了個和強零有關（註：鮟鱇魚（Ankou）與酒精（Alcohol）讀音相近）的傢伙呢。

「光看鮟鱇魚大人的外觀或許就能猜到，牠是分類為深海魚的魚大人的喲。牠會潛入海底，用那張大大的嘴巴將接近的獵物一口吞下的喲～此外，與看了有些不舒服的外型相反，牠是一種吃起來相當美味的魚，也有不少人將牠拿來煮成火鍋的喲。而有『鮟肝』之稱的鮟鱇魚肝更是美味佳餚的喲～」

「小愛萊，我們明天來開火鍋派對吧，麻煩妳訂一隻鮟鱇了！」

「動物園的鮟鱇魚先生不是拿來吃的喲～」

「啊，小光家裡有一口好鍋喔！」

「要準備什麼火鍋料喵——」

「好奇怪～的喲～？」

聽到這種話題哪裡還忍得住！明天的晚餐就決定是鮟鱇魚火鍋了！

：噗咻！

……三人都來勁了笑死。

……多指鞭冠鮟鱇魚讓人感受到生物進化的可能性。

「好啦，火鍋的話題先擺到一邊，要開始出題的喲～這位鮟鱇大人呢，雄性個體其實有著難以想像的特徵的喲！請問那是什麼樣的特徵的喲～！」

叮咚！

「好的，請光前輩回答的喲！」

「呵、呵、呵！我要順勢連得兩分嘍！沒錯！牠的體內其實藏著軍神般算無遺策的車長、能正確理解軍神思維並支持她的通訊手、射擊技術一流的砲手、裝填速度極快的裝填手，以及有著天才駕駛技術的操縱手，是由這五人一同駕駛的！」

「這不是鮟鱇隊搭乘的交通工具～的喲～！您的這番勢頭完全被耍笨度滿點的回答截斷了的喲～！」

「好想去修練戰車道喔。」

叮咚！

「好的，請小咻瓦前輩回答的喲！」

「比起雄性，我更喜歡雌性。請改成和雌性有關的問題。」

「請回答答案的喲！我從來沒聽過要人換題目的喲！」

「我有在反省，但絕不後悔。」

「啊——動物園裡的灣鱷先生差不多要肚子餓了的喲！」

「我有在後悔，但絕不反省。」

「變得更嚴重是怎麼回事的喲……」

叮咚！

「好的，請貓魔前輩回答的喲！」

「最佳戰鬥手段便是提高等級使用物理攻擊（註：典出2010年度劣質遊戲冠軍「Last Rebellion」。儘管該遊戲設計了二十種之多的屬性，並鼓勵玩家以屬性相剋的方式戰鬥，卻因為升級時增加的能力幅度過大，導致最終只需提升等級以物理攻擊便能擊敗頭目）。」

「雖然很想吐槽，但這在某些狀況下確實也無可辯駁，真是頭痛的喲～如此一來就回答了三次，我要公布提示嘍～提示是『小學高年級歲數的男女』的喲！」

叮咚！

「好的，請小咻瓦前輩回答的喲！」

「牠特別喜歡Comic L〇。」

「嗯？Comic L〇是什麼的喲～？」

「是少女漫畫雜誌喔。」

「哦～我晚點來查詢看看的喲～」

：喂——！

：搬出了不得了的名字笑死。

：少女漫畫……就字面意義而言勉強算是沒錯吧。

：（描繪）少女的漫畫。

：居然連L〇都喜歡，這女人對雌性的好球帶也太廣了吧。

：小愛萊快逃啊！

叮咚！

「好的，請貓魔前輩回答的喲！」

「喵喵——！我這次很有自信喔！答案是雄性比雌性還小對吧！」

「喔！是正確答案的喲～！了不起了不起的喲～如此一來，今天的冠軍就確定是貓魔前輩的喲～！」

哎呀——居然輸了呀……

以結果而言，感覺像是資歷最年長的貓魔前輩為了維持老鳥的面子，擊敗了我們這兩個後輩呢。

「噢，要收尾還嫌太早的喲！雖說答案確實是雄性鮟鱇魚較小，但擁有同樣特徵的生物也是所在多有的喲。與眾不同之處在於鮟鱇魚的大小差異相當驚人的喲！請看這張圖片的喲～！」

「「「咦？」」」

小愛萊意氣風發地將鮟鱇魚的雌雄比對圖放到畫面上後，我們三人登時異口同聲地發出驚呼。

在看到畫面的當下，閃過我腦海的感想是──這真的是同一種生物嗎？

雌性雖然有著我們所熟悉的外觀，雄性體型卻是極小──甚至讓人覺得是游在水裡的其他小魚。

「儘管鮟鱇魚種類繁多，不過大致上──像是多指鞭冠鮟鱇魚的雌性約六十公分左右，但雄性大小僅四公分左右的喲～更讓人吃驚的是牠們的交配方式的喲！想不到吧！雄性居然會融進雌性的身體裡──也就是以融合的方式進行交配的喲～」

咦、咦咦咦……

對於這難以想像的事實，大家似乎都驚愕得說不出話來。

在極為適合作為收尾的問題結束後，這場直播也隨之告終。

回顧起來，這場直播不僅節奏輕快，同時還巧妙地將生物小知識穿插其中呢。

這位後輩果然有兩把刷子。身為前輩的我也不能落於人後！

閒話　與真白白的相遇

某天午後，我打了通電話給真白白，聊些無關緊要的瑣事。

我找她沒什麼事，唯一目的是輕輕鬆鬆地閒話家常。

「最近在關台之後，我漸漸能感受到自己變得充實了呢。」

「哦，挺好的呀。果然樂在其中就是持之以恆的祕訣呢。」

開始以直播主身分活動後，我們的關係也逐漸變得融洽。在不知不覺間，每當雙方都有空時，我就會像這樣和真白白通電話，這也成了我的例行公事。

對某些人來說，沒有目的的對話或許只是在浪費時間；但就我而言，這是一段能讓人靜下心來的安心時光。若是少了這麼一通電話，我能感受到的充實感便會大幅下滑。

雖然沒問過真白白怎麼想，但我認為這代表彼此的情誼累積到了一定的程度。

「…………」

「嗯？小淡，妳怎麼了？」

「沒有啦。該怎麼說，我突然想起和真白白相識時的事。」

「咦？怎麼這麼突然？咱們剛剛沒聊到這方面的話題吧？」

「是這樣說沒錯。當時的我們根本想不到彼此現在能聊得這麼自在吧。」

「啊，確實如此。無論是誰，總是會對初次見面的人有幾分拘謹嘛。呵呵，那接下來呢？要和咱一起聊聊往事嗎？」

「也對呢。我們還是第一次談這個話題，雖然有點害臊，不過就稍微回顧一下吧。」

由於最近的生活過得可謂波瀾壯闊，我甚至沒空回首自己的過去，拿今天這個日子用來回顧過往，似乎也是個不錯的選擇。

和真白白的首次對話……記得是在出道前的那次通話啊——

「啊，不好意思，請問您有聽見嗎？」

「嗯，有聽到喔——妳好，咱是彩真白，請多指教。」

「啊，不好意思！我叫心音淡雪！今日還請您多多指教！」

「呵呵，總覺得有些生硬呢。喏，咱們不是同期嗎？況且以直播主業界來說，我們的關係就相當於媽媽和女兒對吧？咱們今後應該也會合作開台，所以用更放鬆的語氣對話吧？」

「啊、呃、是、真是抱歉……」

「沒必要對咱道歉喔。喏，別這麼緊張也沒關係啦。」

「是，對不起……」

「咱不是說不用道歉了嗎？啊，咱知道了，妳的個性很怕生對吧？」

「或許是這樣吧……我會努力改進的……」

「沒事沒事，那就慢慢適應吧。不用著急也沒關係喔。」

當時的我處於尚未出道的狀態，連同期是誰都還不曉得。換句話說，真白白便是我首次對話的直播主。

為什麼會是真白白？因為她接下了設計心音淡雪的化身委託，這天便是找我確認草稿。

「妳覺得如何？整體來說設計成清秀且嬌弱的形象，卻又帶著寫許神祕的氛圍。這是第一稿，咱先試著照公司那邊提出的要求進行設計。」

「不好意思，我拙於言詞，但我真的覺得這是非常非常出色的設計。光是開啟檔案的瞬間，我就被您專業級的技術震撼得說不出話來了。」

「真的嗎？呵呵，身為插畫家，作品能被人稱讚真的很開心呢。那麼，妳接下來有什麼打算呢？」

「咦？」

「為什麼要發出這麼訝異的聲音？這張插畫是為了小淡雪畫的，所以咱得問問妳的意見，看有哪些地方要追加或是修正呀。」

「啊、啊！確實如此呢！不要緊！我之前已經和經紀人小姐對這方面進行過詳細溝通了！」

「哦，那真是太好了。咱雖然也從公司那邊收到了修正指示，不過還是想和本人聊聊，好加深今後的情誼嘛。」

當時的我……一言以蔽之，就是缺乏自信。

至於理由，自然是源於不久前辭職的黑心企業公司——我一直都承受著名為工作，實為職權騷擾和奴役式的勞動之苦。

接連不斷的磨耗使我身心俱疲，自尊心也被折磨得幾乎蕩然無存。當時的我明明已經被Live-ON錄取了好幾個月，卻仍經常懷疑自己是在作一場白日夢。

「各方面來說都很抱歉……因為我還沒湧現什麼實際感受。」

「不會啦，咱也懂這種不太現實的感覺，不要緊。但這張插畫將會是小淡雪未來的模樣，所以妳可以表現得再坦蕩一些喔。」

「這是……我嗎……」

我看著眼前綻放閃亮光輝的心音淡雪——她正展露著見者無不為之傾心的柔和笑容。

雖然尚在草稿階段，但她肯定擁有出眾傲人的外觀。能請真白白為我設計插畫，絕對是我三生有幸。

由於身影實在過於耀眼……當時的我完全無法想像自己能成為那副模樣，腦袋裡總存在著一抹揮之不去的惱人煙靄。

「嗯──……難道說，小淡雪其實不是怕生，而是對自己沒自信嗎？」

「啊……果然被您發現了嗎？」

「嗯。咱剛剛講了幾個比較活潑的話題，但妳一直沒反應，大致上就猜得出來了。不過這是怎麼回事呢？小淡雪可是被那個Live-ON錄取為三期生了耶？是在茫茫人海中被選中的存在，一般來說都會引以為傲吧？就連咱在收到錄取通知時，也很不符平時形象地大聲歡呼了一番呢。」

聽到真白白一頭霧水地這麼詢問，我便告訴她自己對於面試的過程幾乎沒有記憶，所以也不清楚自己是怎麼過關的。

「哇──原來也有這麼神奇的事啊。但既然最後獲得錄取，不就萬事ＯＫ了？妳沒有找人代打，也不像是在面試時撒了謊，咱覺得妳可以表現得更有自信一些喔。」

「我的確曾試著往這個方向去思考，但一直不太順利……真白小姐，您──」

「叫咱『小真白』就可以了。從稱呼開始放輕鬆吧。」

「啊，好的，真是抱歉……那麼，小真白在面試時都聊了些什麼呢？」

「咱嗎？等一下噢，讓咱回想一下。」

和我不同的是，真白白沉吟了一會兒，很快就想起了當時的事，侃侃而談。

「大部分的話題都是在問咱為什麼想當VTuber呢。」

「原來如此。那我可以問您的理由嗎？」

「嗯，可以噢。咱想披露自己的畫作給更多人看，讓更多人留下記憶，並推廣繪畫的魅力，進一步炒熱插畫家業界，才會想當上VTuber，拓展自己的活動領域呢。」

才剛回想完，她便滔滔不絕地說了起來。我清楚地感受到她是基於自己的意志採取這些行動的。

當時的我——覺得她很帥氣。也難怪這樣的人物能夠通過Live-ON的面試，成為未來的閃耀明星。

「小淡雪呢？妳為什麼想當VTuber？」

「我嗎？」

「嗯。說不定其中隱藏著妳能夠順利通關的祕密喔。」

「我……」

與她相比，我即使絞盡腦汁，思緒也只是變得一團混亂，完全理不出一個清晰的答案。

就算是現在的我，依舊對自己到底在面試時說了些什麼，才會博得面試官的關注感到相當困惑。

但既然想不起來，也只能暫且擱著。最後，我勉強針對這個問題擠出了一個答案。

而這句答覆是——

「因為這……就是我的人生吧？」

「呃？什麼？妳是在聊CLAN〇AD（註：戀愛冒險遊戲。發售後，在網路上衍生出「CLANNAD是人生」的流行句）的話題嗎？」

總覺得話題的層次一下子拉得好高。

但也不能怪我嘛！在社畜生活之中，只有V賜予我救贖，讓我從社畜生活獲得解放的也是V。而我今後也打算名副其實地賭上性命做這一行。以結果而言，我只能用這樣的說法來概括啊！

「小淡雪，妳該不會經歷了一些很不得了的事吧？咱都要為妳感到擔心了……妳有什麼煩惱嗎？」

「沒、沒事的，沒那麼嚴重啦！況且今天還得討論插畫的事呢。」

「不不，咱今天也很閒，要聊多久都沒問題喔。倒不如說，咱更想把今天的時間用來加深與同期之間的情感呢。小淡雪很忙嗎？」

「我幾乎算是個尼特族，所以今天也很有空。但我不覺得那是什麼值得和別人提及的話題就是了……」

「尼特族？妳又說了耐人尋味的詞彙呢。妳不想說的話，咱自然尊重妳想保密的心情……但咱現在對這件事很在意，妳要是願意說，不如就當作是在滿足我的好奇心吧？」

「……我、我明白了。」

我原本就沒打算藏著這些事不說，於是便說起出社會的那一段經歷。

直到現在，我依舊記得很清楚——當時我雖然不想把氣氛搞得太過沉重，但仍夾雜著自嘲的語句平淡地開了口。真白白卻對這樣的我展露出關懷與包容的態度，傾聽著我的話語。

也因為如此，在聊完這個話題後，我的口吻自然而然地軟化了下來，緊張感也化解不少。真白白真的很擅長當個聽眾呢。

「謝謝妳願意說給咱聽。聽完妳的過去，咱也明白妳之前為何會表現出那樣的態度了。」

「那個……我真的散發了像是負面氣場一樣的氛圍嗎？」

「咱只是在對談過程中，大致察覺到妳過去曾發生不好的事罷了。畢竟妳總是把道歉掛在嘴邊嘛。」

「啊——」

被她這麼一說，我才首次察覺到這點。

仔細想想，在公司上班時，我沒有一天是沒道歉過的。而當狀況變本加厲後，我更養成了先道歉再開口的習慣。

這大概就是所謂的心靈創傷，那時的我正是因此陷入消極的思考模式中。儘管辭職讓我逃離了那間公司，棘手的後遺症卻仍纏著我不放。

「不過呢，正因如此，今後才更為重要不是嗎？」

「咦？」

「有了那些難熬的日子，會讓今後的幸福更顯得閃耀動人呢。小淡雪如今正以VTuber的身分踏出了新的一步，這也是妳對人生所發出的反攻信號喔。」

「是……這樣嗎？」

「妳今後要變得比任何人幸福，對那些人還以顏色！然後啊，妳還要改掉那個老是道歉的習慣，變成能堂而皇之地報上姓名的耀眼之人！小淡雪已經將車票握在手裡了，只差身體力行而已！」

「喔、喔……您好像突然變得熱血沸騰起來了呢？」

「妳知道幸福的『幸』為什麼是由辛苦的『辛』加上一劃嗎？那是因為有了辛苦作為鋪墊，才能享受到幸福的果實呀！」

「是這樣嗎？真是深奧呢……」

「這也只是咱臨時想到的說法就是了。」

「咦？」

「咱啊，喜歡努力的人喔。」

「——咦？」

原本還在為性格大變的真白白感到困惑的我，當她靜靜地說完最後一句話後，我腦子裡的思緒和困惑也跟著飛到九霄雲外。

因為她的語氣……實在是太溫柔了。

「看到那些背負沉重過去，卻仍試圖跨越難關，試圖改變某些事物的人，咱總會想幫他們加油打氣呢。」

「小真白……」

「只要小淡雪還有一顆努力的心，咱就是妳的同伴。一言為定。」

這句話我至今依舊牢記在心。因為我確實是被這句話給拯救了。

即使已經做好要拚命努力成為一名直播主的心理準備，那份覺悟在此刻之前依舊是孤獨的。

然而，今後身旁就會有看著我、支持著我的同伴了。我那顆受到心靈創傷凍結的心，逐漸被安心感和暖意給融化。

「……雖然還不曉得今後會發生什麼事……不過，我打算秉持不屈不撓的決心勇往直前。」

「嗯，既然如此，我們就先來處理今天的主題吧。關於這張插畫的草稿啊——」

這就是我與摯友刻骨銘心的初次見面。

「……總覺得超級害臊的……都怪妳把氣氛弄得這麼僵，該怎麼辦啦！」

而在回憶完畢後的現在，真白白正以一副心神不寧的態度忿忿地說道。

哦喔～這傢伙害臊了！真可愛～

「咦～？又沒什麼關係～喏，我還想再聽一次妳說過的『只要小淡雪還有一顆努力的心，咱就是妳的同伴。一言為定。』喔。欸，說一次來聽聽嘛？說一句『咱最喜歡小淡雪』來聽聽嘛？」

「就連講話的脈絡都亂七八糟，誰要在這種時候說給妳聽啊。笨——蛋——」

「哦，不會在這種時候說的意思是……我如果真的陷入低潮，妳就會講給我聽嗎～？」

「哎，到了該說的時候咱還是會說啦。」

「欸喔啊？咦？您、您真的願意說嗎？啊、啊哈哈哈、連、連我都害臊起來了呢——」

「嗯——？怎麼發出這麼奇怪的聲音呢？小淡真是個怕生又可愛的孩子呢——」

「妳、妳這傢伙是在捉弄我對吧！妳背叛了我的純情對吧？實在太過分了——明明聽到妳願意在我低潮時說那些話，真的讓我很開心呢——」

「啊，咱真的會說喔。」

「哈嗚啊啊啊啊啊？」

「呵呵。」

面對真白白這個小惡魔的我總是屈居下風，看來修為仍遠遠不足。老實說，我是真的感到臉紅心跳了……

第二章　Live-ON新聞

「啊，最後要向您報告一件事。詩音小姐說她想和小咻瓦合作喔。」

「咦？真的嗎？」

我原本正和經紀人鈴木小姐通電話，討論關於工作內容和下次開台等事項，想不到在話題告一段落之際，她卻傳來了這麼驚人的一句話。

況且詩音前輩想合作的不是小淡，而是小咻瓦？詩音前輩總是給人老實又勞碌命的印象，這樣的邀約只能用意外兩字來形容。

「是想找我去上節目作效果之類吧？」

「她好像想找小咻瓦上『Live-ON新聞』呢。」

「真的假的？」

Live-ON新聞是堪稱詩音前輩招牌節目的獨特企畫，最近更是逐漸成了她的代名詞。

企畫劇本由詩音前輩自行撰寫，她會在每週日晚上以新聞台形式介紹當週直播主們開台時所發生過的精彩橋段。

這個企畫大約是從我們三期生剛加入的時候開跑。由於詩音前輩不時會對內容輕快地予以吐槽，加上節奏活潑，很快便蔚為話題，在轉眼間成了火紅的企畫。

詩音前輩偶爾會請來形形色色的直播主一同上節目。儘管這也算是相當為人所知的形式，但她起初似乎打算獨自撐起這個節目。

證據就是她當時曾經在說特上斬釘截鐵地對聖大人留下了「我做了單人企畫啦～！妳給我走著瞧～！」這樣的留言，卻似乎終究還是耐不住寂寞，很快就在第四次節目時邀請聖大人作為特別來賓。

詩音媽咪可愛好棒！

想不到居然能收到她的邀約……

「如果只是要合作開台，其實讓當事人彼此聯繫就可以了，她卻特地透過我這個經紀人轉介，這種一板一眼的態度確實很有詩音小姐的風格呢。還有，她似乎有些事情想嘗試，所以想邀您進行線下合作。」

「居、居然是線下合作？」

「是的。她本人是這麼說的：『不嫌棄的話，要不要來我家小酌幾杯呢？』。」

——搞不懂！我就算想破頭也不明白詩音前輩有什麼意圖！

「該怎麼辦？您要接受邀約嗎？」

「我要去我要去！我才不會拒絕呢！」

雖然有些摸不著頭緒的部分，但這對我來說是難以高攀的邀約，要是拒絕可是會被當一輩子的笑話呢！

就讓我端正心神參與節目吧。

「我明白了，那我會轉達給詩音小姐的。我想再過幾天，她應該就會傳私人訊息告知住處等相關資訊，還請您不要錯過了。」

「好的！」

而到了當天——

「歡迎光臨——！一路上還好嗎？有沒有迷路？」

「沒、沒有！這一路上都很順利！」

我維持著連自己都很清楚的緊張狀態搭了一陣子電車後，終於抵達詩音前輩的住處。

和自己景仰的對象見面果然會讓人心跳加速呢。儘管前陣子曾見過一次面，但當時還有聖大人在場，這可是我首次和她獨處。

不僅如此，詩音前輩住在氣派的電梯華廈中。她好像是獨自住在這麼大的房子裡。

我已經緊張到口乾舌燥了。

「我幫妳倒飲料，妳先隨便找地方坐喔！當成自己家放鬆吧！」

「好、好的……」

詩音前輩踩著輕快的步伐跑向廚房。

而我當然遲遲無法放鬆，甚至挺直了背脊。

距離開台還有大約兩小時，我們預計會用這段時間討論開台的內容。

是說，屋子裡有股好香的味道，是用了某種香氛嗎？

況且房子雖然很大，卻打掃得一塵不染，也整頓得井井有條。

「……嗯？」

就在我環顧周遭，為她強大的女性魅力感到讚嘆不已之際，一座書架驀地吸引了我的目光。

書架本身是常見的木頭材質，讓我在意的是架子上的書本。

《養育小嬰兒的教戰守則》

《超級媽咪們傳授你育兒祕訣》

《和小嬰兒一起玩吧！》

《試著站在小嬰兒的角度思考！育兒大百科》

《小嬰兒其實這麼想！轉換視角讓育兒事半功倍！》

整座書架被這類書籍塞得滿滿的。

這瞬間！一道電流竄過了淡雪的身體！

啊，這絕對是看不得的東西。

「咦——？小淡，妳怎麼啦？」

「詩、詩音前輩？您端來的是什麼呢？」

聽到背後傳來說話聲，我便立刻轉過身去，只見詩音前輩確實是端著「飲料」佇立在地。

問題在於盛裝飲料的容器。容器外觀是附有女性乳頭般曼妙外型之物的瓶子。而那東西顯然就是——

「啊——這個嗎？這當然是裝了強零的奶瓶呀。」

聽到詩音前輩以理所當然的口吻回應，我登時感受到一股難以言喻的魄力。

「您、您要拿來做什麼呢？……啊，我懂了！您總是被聖大人耍得團團轉，打算拿這個插進她的屁股洞對吧？」

「不是喔。接下來，我要拿這個插進小淡的那張嘴巴——插進那張看起來美豔又成熟的櫻桃小嘴喔。」

我想也是啦——！

不對不對，雖說光是冒出「我想也是」這樣的念頭就很不對勁了，不過從脈絡來看，會有這樣的發展根本毫不意外。

但是為什麼？那個詩音前輩怎麼會突然做出這番暴行？

「妳之前不是在直播時和我說好，要讓我用奶瓶餵妳喝強零嗎？難道說……妳不肯喝？」

「不不，呃，我是沒關係啦，但您為什麼這麼有幹勁？」

「我呀，在看過四期生的各位之後察覺了一件事。」

「呃……咦？是、是什麼事呢？」

「我之前曾煩惱過『保持現在的形象真的好嗎？』或『是不是太缺乏震撼感了？』一類的問題喔。不過，一看到這些需要詳加照料的孩子，我才終於豁然開朗。啊——我想當的，其實就是大家的媽咪呀。而這肯定也是Live-ON錄取我的理由。」

「…………」

我絞盡腦汁思考了起來。

所以是這麼回事嗎？因為四期生全都是糟糕的傢伙，最後就連詩音前輩也被她們牽著鼻子走了？

而沉睡在詩音前輩心底深處的——想必正是母性。

詩音前輩原本就懷著母親般的溫情，這份溫情如今卻失去了箝制——是這個意思嗎？

「我會好——好地照顧妳們的喲。所以來喝強零吧？」

「原來如此，我懂了。要我喝強零是無所謂，因為我原本就不可能討厭它，加上也曾在觀眾面前承諾過，所以我會喝的！不過詩音前輩要陪我喝嗎？妳之前邀我時，是說『要不要來我家小酌幾杯』對吧？」

「我不喝喔——要是我喝醉，之後的Live-ON新聞不就會主持得一團糟了嗎！」

啊，原來如此。她確實從未說過自己要喝酒。換句話說，一切都在詩音前輩的計畫之中。

「喏，我讓妳躺大腿，所以過來這邊吧？」

「好的……」

「啊，我也得用說特向觀眾們知會一聲，所以會錄音喔？」

「啊——！」

我就這麼接受了命運的安排——

「好——做得真棒呢！接下來就發到說特上吧，嘿！」

「吧噗——」

：？

：咦，這是怎樣……詩音媽咪？

：突如其來地展露特殊癖性玩法的光景讓我大為錯愕。完全不知道該作何反應的我總之先把內褲給脫了。

：無論何時都以性慾為先，真是雄性楷模。

：小淡的聲音原本充斥著絕望，但在強零的效力下逐漸變成了恍惚的聲調實在笑死。

：不不，若要說恍惚一類的情緒，詩音媽咪更誇張吧，那完全是身為人母的聲音啊。簡直和老子被吸奶的反應如出一轍。

：我看著看著突然覺得變骯髒了快住口啊。

：這就是所謂的身為人乳（母）吧？我還是首次在螢光幕上看見呢。

：裝了強零的奶瓶肯定會上市發售吧。

：那個Live-ON裡唯一有良知的詩音媽咪究竟出了什麼事……？

這篇說特以讓人戰慄的勢頭擴散了出去，回應增加的速度之快更堪比直播台旁邊的留言。

從這天起，詩音前輩除了既有的印象——也就是能完美地掌控氣氛且俐落地吐槽的主持人形象，還多了一個母性爆發、成為眾人之母的強烈屬性，可說是順利地昇華？成功。

在那之後，我一旦想要起身，她就會坐在身上按住我說：「咦？身為小嬰兒怎麼可以靠自己起身？咦？以人類的習性來說不該這麼做吧？」而我一旦試圖開口，她就會蠻不講理地表示：「不准妳接觸文明。這世上不存在聲帶運作得如此靈活的小嬰兒。」這樣的時間持續了好一陣子。

而直播時間就在我喝牛奶（強零口味）喝得酒酣耳熱之際降臨了。由於不久前的說特造成了不小的影響，導致聊天室交雜著期待和困惑的情緒，醞釀出十分詭異的氛圍。而直播也在這樣的氛圍中開始——

「巫女好——！我是大家的媽咪神成詩音喔！今天也要來主持Live-ON新聞嘍！而今天居然——邀到了小咻瓦作為特別來賓呢！」

「噗咻！我是喜歡連吃三碗飯和女人和強零的小咻瓦的啦！」

「不是『比』連吃三碗飯更喜歡女人和強零嗎？」

「我喜歡吃飯，也喜歡女人和酒。小孩子才做選擇，小咻瓦全都要的啦！」

「雖然講話的口吻就像是長大成人的胖虎一樣讓我有點不安，但還是做好心理準備，介紹第一則新聞吧！」

：好咧來啦！

：我活著的目的。

：這個企畫真的超喜歡。

：這種自我介紹在現實裡這麼說一定會完蛋笑死。

：這就是真正的ＲＴＡ（現實找死）對吧。

：有位仁兄的雙關語說得挺妙。

：與其說是胖虎，更像是某部海賊漫畫裡的角色會說的話。

：我的強零嗎？想要的話就給你吧，去找吧！我把世界上的一切都放在那裡了！

：會造成人家困擾的，快還回去。

：向新來乍到的觀眾傳達一則好消息，這兩人剛剛拿裝著強零的奶瓶玩起了幼兒玩法。

：www

：兩位都是言出必行的女性，真了不起。

：是說詩音媽咪的情緒高昂到有點可怕笑。

：因為她徹底把自己當媽媽了啊。

：小咪瓦只要想說話，詩音媽咪就會把奶瓶插進嘴裡阻止她開口，真的只能生草了。

：她前陣子曾在說特上說過：「我終於明白了，原來我就是大家的媽咪啊！」難道是覺醒了某些癖好？

：有良知的角色要崩壞了！

「首先第一則新聞如下——『朝霧晴，轉蛋轉到變成黑猩猩』！」

「晴前輩的腦袋還是一樣少根筋呢。」

「小咻瓦，妳這句話會變成迴力鏢插回自己的腦袋上呢。」

「我可不想被歡天喜地地拿奶瓶插進我嘴裡的詩音媽咪這麼說喔？」

「下次讓我連尿布也一起準備吧？」

「好的，讓我們繼續介紹的啦！」

：這步調是怎麼回事www

：詩音媽咪超級認真的重低音。

：我感受到壓迫感了，超棒的。

：是說光是新聞標語就已經不可避免地要生出大草原了。

：哎，畢竟那個一定會被提到的啊。

「呃，關於新聞的詳細內容如下——晴前輩在直播上遊玩超人氣偶像養成遊戲『偶像人生』

——簡稱『偶生』——時，由於抽轉蛋的運氣過於不佳，導致她的舉止逐漸變得可疑。先是用舌頭抽轉蛋，之後又用乳頭抽轉蛋，最後甚至用胯下抽轉蛋，上演一連串的奇行戲碼。不斷儲值金錢的她，總算在抵達天花板（註：或稱「保底系統」，為轉蛋類遊戲的機制，在期間內累積到一定次數，便能自由選擇一個當期的獎品作為獎勵）的前一刻抽到自己主力推崇的偶像。而她也在那瞬間發出猿猴般的怪叫，在自己的房間裡大鬧了一番。」

「喔——」

「接下來將會播放晴前輩當時直播的部分片段，請看影片！」

『要抽第一把十連抽嘍！哎呀，我想應該這次就會中了吧——我可是向心愛的角色奉獻了如此驚人的愛意，她想必會開開心心地跑來我家吧…………沒中……不過第一把十連抽就只是玩玩而已啦！』

『妳差不多可以來我家了喔——我舔舔舔舔舔。』

『真是的，我接下來要用乳頭來抽了啦。啊……我感受到了……命運的力量逐漸匯聚到乳暈……然後集中到乳頭上……』

『大家別阻止我！我剩下的只有胯下而已了！傳達過去吧！我的思念！透過胯下傳給她吧啊啊啊啊！』

『中了啊啊啊啊啊！嗚哈啊啊啊！』

「好的，影片到此為止。小咻瓦看完後有什麼想法？」

「總之呢，我想收購那支沾滿晴前輩成分的智慧型手機呢。」

「重點是那裡嗎？這明明是一則充滿吐槽點的新聞，結果妳率先冒出的感想居然是這個？」

「一百萬的話我還出得起喔？」

「問題不在那裡啦——」

：太棒了，詩音媽咪的吐槽功力依舊健在。

：應該是變成偶爾會施壓的感覺吧？

：讓人理解詩音媽咪果然也是Live-ON的一員。

「各位觀眾在說什麼呢？無論過去還是現在，我都是具備良知的吐槽班底呀！」

「只要稍稍踩到點就會嗆人『把妳變成小嬰兒』這點有夠可怕的。」

「咦——？小咻瓦，妳在說些什麼呢？看來我得從一……不對，是從零開始將妳重新教育才行呢？」

「不不，都這個年紀還要我從嬰兒期重來也未免太丟人了。」

「妳在胡說什麼呀？是要妳從我的肚子裡重新成長喔？」

「咦啊？從零開始是那個意思嗎？這也太超乎想像，害我都發出奇怪的聲音了！」

「讓我把妳生下來嘛？」

「咦？這種難以言喻的恐懼感是怎麼回事？真沒想到我這年紀還能體驗到這種未知的感

覺……」

：嚇死人啦！

：看來是Live-ON的恐怖班底。

：小咻瓦……居然變成吐槽角色了？

：詩音媽咪最強的假說要出現了。

：究竟是以怎樣的基準測量強度的？實在教人費解。

「好啦，題外話到此為止，差不多該來報導下一則新聞嘍——！」

「那麼那麼，下一則新聞是這個！『祭屋光，在挑戰快吃超辣炒麵RTA時拿下了兩分三十秒的優秀成績！』」

「喔——」

「也請大家看看當時的影片！」

『今天的我可是胸有成竹呢。你問我為什麼？因為我從某位火焰大哥那兒獲得了勇氣啊。』

『不管炒麵的辣度和口渴的痛苦再怎麼狠狠地打擊妳，都要燃燒妳的心，咬緊牙關拿起筷子。就算停下腳步蹲坐下來，時間的流動也不會為妳停止，炒麵的量也不會有所減少。』

『呼吸是有訣竅的，只要運用得當，就能承受無比的痛楚咕哈啊！咳咳！嘔噁！』

『感洩糟待……嗚嗚、真、真素太好粗了…………這、這些淚水是為了優異的成績而流，絕不是因為太難受！』

「好的，影片到此為止。小咻瓦看完後有什麼想法？」

「我覺得只要冷靜下來慢慢吃就好了。」

「小咻瓦，請別說出這種否定世上所有ＲＴＡ存在的評論。」

：全球第一認真地面對炒麵的女人。

：是被虐狂的呼吸嗎？

：一定是會發出「咿嘰？」這種聲音的呼吸吧

：小光好傻好可愛。

：所言甚是。

「啊哈哈，我只是在開玩笑的啦！是說小光一定是去看了某部殺鬼的動畫電影對吧，她受到的影響太過明顯了……最後還一邊嚷著呼吸法，一邊慘敗給炒麵的辣度……」

「哎呀不過，這種憨直的個性也是小光的魅力所在呢！」

「這部分我實在不能同意更多。會好好說出『感謝招待』真是乖寶寶！好想當她的媽咪！」

「嗄？小咻瓦，妳在說什麼啊？小光的媽咪是我神成詩音喔？」

「嘎嘎？我可是能拿小光爆擼一番的奇才喔？本人心音淡雪才是小光媽咪的不二人選！」

「嘎嘎嘎？小咻瓦和她是同期，但我可是前輩喔？由消去法來看，唯一的媽咪人選應該是本人我才對吧？」

「嘎嘎嘎嘎？居然連低齡或是同齡媽咪的好都無法理解，您的媽咪味是不是有些衰敗啦？詩、音、前、輩？」

「嘎嘎嘎嘎嘎？居然敢挑釁媽咪，小咻瓦的膽子可真不小呢？」

「嘎嘎嘎嘎嘎嘎？居然拿輩分來壓人了嗎？哎呀哎呀，難道詩音媽咪學會職權騷擾的呼吸了嗎？」

「……看來有必要一較高下，決定誰才是真正的媽咪呢。」

「我完全同意呢。公平起見，我們就請小光本人做出裁決吧。我這就聯絡她。」

「我可不會輸的！」

：為什麼這兩個女人擅自爭搶起別人的親權了？（超困惑）

：小咻瓦，真正的媽咪是不會拿女兒來擼的喔。

：小咻瓦雖然講得一副義正辭嚴的樣子，但根本沒一項是可以拿來當成媽咪根據的笑死。

：別靠一股氣勢就想蒙混過去啦www

『啊，喂喂！小咻瓦，妳怎麼突然打過來了？妳不是正在上Live-ON新聞的節目嗎？』

「抱歉，事前沒通知一聲，但我有個問題說什麼都得聽聽妳的回答。我和詩音媽咪——妳覺得誰更能讓妳的子宮一揪一揪地抽動？」

『啊，果然詩音前輩也在呢！呃，難道說我現在正在上Live-ON新聞的節目嗎？太棒啦啊！』

「小咻瓦，妳劈頭就說些什麼傻話啊！」

『咦？啊？嗯？』

「沒錯沒錯。聯絡得太突然了，真是抱歉喔。我有個問題想問小光呢。」

『哦，詩音前輩也有問題要問？什麼事什麼事？』

「妳想從我還是小咻瓦——的子宮裡生出來？」

『……嗯？奇怪，難道連線狀況出問題了？我聽不太懂妳的意思……』

：這些傢伙沒救了，得快點想辦法才行。

：大草原。　¥2000

：無人負責吐槽的恐怖。

：小光對這類話題沒什麼知識，看起來真的很困惑笑死。

：這兩個女人為什麼想靠子宮來分出高下啊？

『雖然聽不太懂妳們的問題，但我都很喜歡妳們喔！』

「「啊？」」

聽到小光直率無比的話語，使我像是從沉眠中清醒了過來。

為什麼我要受到狹隘的價值觀拘束，非得拿到第一不可？真是太丟人現眼了。

我想詩音媽咪應該也和我有同感吧。我倆先是對看一陣子，隨即同時點了點頭。

「「謝謝妳，小光！多虧了妳，我才能清醒過來！」」

『哦？那實在是可喜可賀……但結果妳們到底在說什麼話題啊？』

：這些人的感情真的很好呢。

：超棒的。

：只仰仗氣勢行動真的笑死。

「那麼那麼，接著來到最後一則新聞啦！為這次直播劃下完美句點的是～這一則！『山谷還，首次直播就差點被刪除頻道！』」

「哦哦。」

「我來大致說明一下新聞內容！看來她是為了探究最好吸的奶嘴，將古今中外的各式奶嘴拿起來吸，結果發出了完全違規的聲音呢。」

「把山谷還小姐的腦袋刪除是不是比較妥當呢？」

「別、別這麼說嘛！由於觀眾們傾全力阻止，最後似乎沒有落到被刪除頻道的結果喔。」

「話說回來，首次開台就險些踩線，這也太糟糕了吧？就連我都可是忍了整整三個月喔？」

「嗯，就這點來說我也覺得。要是在創立頻道的當天進行值得紀念的首次開台，卻落得被刪除頻道的下場，等於是締造了跑完一輪的傳說呢。」

：我從剛剛就覺得這不像是現實裡會出現的新聞笑死。這裡是日本對吧？

：小還真的糟糕可愛喔。

：可愛到很糟糕的意思？

：不對不對，是腦袋糟糕到很可愛。

：笑死。

「儘管很想播放影片，但要是播出最關鍵的聲音部分，難保我不會跟著被刪除頻道，所以該部分就消音處理了。真是抱歉……」

「是奶嘴交的部分呢。」

「不要創造奇怪的詞彙！光是聽起來就很危險了！那麼，我們馬上來觀看影片吧！」

「好的，媽咪——」

『啊——啊——各位觀眾大家乳頭好，我是最喜歡咪咪的還。』

『為了尋求最棒的奶嘴，我今天打算吸個不停。因為還是個小嬰兒呀。』

『這個……咬起來的感覺不太好……哦，這個挺不錯的。』

『就結論來說，我認為成年人還是配著酒並吸著雞翅膀一類的下酒菜才是最幸福的，但還今後依舊會繼續吸著奶嘴。因為還是個小嬰兒呀。』

「好的，影片到此為止！小咻瓦看完後有什麼想法？」

「好想讓她吸我的奶嘴（意有所指）喔。」

「小咻瓦，妳身上沒有那樣的部位吧……？」

「既然如此，我就反過來問問詩音媽咪看完小還的影片後有何想法吧？」

「詩音媽咪的這邊還空著喔。」

「指著自己腹部的詩音媽咪也是半斤八兩啊。」

：與其說是空位，不如說是會把人吸進去的部位。

：聽說小咻瓦和聖大人要擔任Live-ON的ＡＶ男優是吧？

：由於上次的直播，印象已經根深蒂固了笑死。

：是說她首次開台就拿「乳頭好」當招呼語？真的假的？

「話說回來，這孩子真的是震撼力十足呢。雖然給人內斂的印象，卻又以理所當然的態度說出一連串糟糕話語，還自信滿滿地自稱是小嬰兒呢。」

「不過呀～其實最近大家都開始懷疑小還其實是個超級好孩子喔。」

「咦？真的嗎？」

「嗯。據我所知，她會在說特上與觀眾們進行輕鬆的交流，收到粉絲創作時，也會很有禮貌地回覆每一名粉絲表達謝意呢。」

「哦～」

：沒錯沒錯，我也被她回過文呢。

：明明畫的是怎樣也稱不上好看的插圖，她卻留了好長一篇文章感謝我的創作。我、我都要哭出來了。

：是說她自搜的頻率有夠誇張，幾乎把和自己有關的話題都看過一遍。

：感覺不開台的時候，她都把時間花在說特上啊。

：那不就是說特廢人嗎www

說真的，這讓我有點意外。人果然不可貌相呢。

還是說，這就是她成熟大人的一面呢？雖然是個小嬰兒就是了。

「不過一提到找工作或是求職的話題，她就會表現得相當慌張喔。」

「啊，這部分還是老樣子呢……」

在那次自我介紹時，我就覺得她的抗拒反應太誇張了。難道她和我是同一類人？

若是如此，我說不定能稍微聽聽她的心事吧。

儘管是個充滿謎團的孩子，但既然都被Live-ON錄取，肯定是個有趣的人吧。

嗯，下次有機會的話和她聊聊吧！

「那麼那麼，雖然有些依依不捨，但本週的Live-ON新聞就到這裡收播嘍！謝謝小咻瓦今天來這裡作客喲！」

「不會不會，我才是深感光榮呢！」

直播到此結束！快樂的時光真的過得特別快啊。

詩音媽咪的企畫實力和主持手腕，實在讓我佩服得五體投地。

我也得加油才行呢！

而在直播結束後，詩音媽咪居然向我表示：「啊，機會難得，小咻瓦要不要一起去洗澡？」真是作夢都想不到的邀約呀！

「我要洗——！」

她幫我洗了頭髮還刷了背，詩音媽咪果然最棒啦！……如果沒看到她開台前失控的那一面就好了。

「啊。」

「嗯，詩音媽咪，怎麼啦？」

為我吹頭髮時，身後的詩音媽咪像是察覺到了什麼事似的喊了一聲。

「不是啦，我只是在想，今天也沒看到她呢。」

「沒看到誰？」

「就是剛剛在聊的四期生小還呀。喏，既然她自稱小嬰兒，妳不覺得她應該會來看我的直播嗎？但我一次都沒看到她出現過呢——」

「的確，我也沒在聊天室看到類似的人影。今天照理說是大好時機，況且她的形象也和詩音媽咪很合拍。」

「對吧對吧！媽咪我可是在意得不得了，都在考慮要不要主動搭話了呢。」

「我覺得挺不錯的呀，去邀她看看吧。」

對Live-ON的媽咪來說，即使是自稱小嬰兒的人物，她似乎也不打算置之不理。

意外的是，我的提議讓詩音媽咪露出相當苦惱的神情。

「可是呀，那孩子到現在都還沒和別人合作過喔。不僅如此，她甚至沒在同期的直播台上露過臉呢。」

「咦？啊……的確如此呢……」

我雖然知道小還憑藉強烈的個性鞏固了個人作風，卻不曉得她總是獨自開台，也沒聽說過她和其他人有什麼互動。

「既然她和同期都還沒合作過，我若是開口邀約，未免感覺有點冒昧。畢竟她說不定是那種不擅長與人合作的個性。」

「也是呢……」

因為她才剛出道不久，或許還有許多狀況需要好好處理，於是我們得出了暫且觀察一陣子的結論。

然而，我之後卻以意想不到的形式獲得這個疑惑的解答——

找到媽咪

這天，我為了每月一次的會議，來到Live-ON公司與鈴木小姐碰面。

哎呀，今天居然是萬里無雲的好天氣，光是邁步在走廊上，就讓我的身心感到一陣輕盈，說不定會有好事發生呢。要不要鼓起勇氣，做些平時自己不會做的事呢？

沒錯，比方說模仿眼前的女人倒在走廊上……

——嗯？有人——倒在走廊上？

！？

「呃、喂？您還好嗎？還有意識嗎？」

「不要感到頭痛啊……（註：典出動畫「機動戰士鋼彈 鐵血孤兒」歐格的死前台詞「不要停下來啊……」）

「這能讓人不頭痛嗎！為什麼要說得像是某個團長一樣啊！」

「對不起……可以借一下您的肩膀……讓我走進前面的休息室嗎？」

「瞭解。不過您都倒在地上了，難道是身體狀況很糟糕嗎？」

「不是的，這和我的身體無關……只是心靈創傷有點發作……」

「心靈創傷？」

「是的。其實……」

「謝謝您，我總算平復下來了。勞您出手相助，實在非常抱歉……」

「不會不會，協助倒地的人是理所當然的。但您不去看醫生真的不要緊嗎？」

「是的。因為只是黑歷史湧上心頭造成的。」

將倒地的她帶到休息室躺好後，我便告知鈴木小姐此事。她似乎會幫我調整會議時間。

而且我還得知了一件令人震驚的事。在前往的休息室的路上，我先是聽對方簡單說明，再向鈴木小姐求證，才曉得這位散發成熟魅力的女子，似乎和我一樣是Live-ON旗下的VTuber。

在公布她的身分前，先讓我講述她的來歷吧。這位女性似乎原本是位漫畫家，雖然在業界闖蕩了好些年，卻一直拿不出亮眼的成績。自覺江郎才盡的她打算轉換跑道重新就職，但以當下的年紀來說，要以社會新鮮人身分看待她實在有些困難，加上她的專業僅限於漫畫，因此願意錄取她的公司少之又少。

在求職之路上屢戰屢敗的她，最終成了一提到「找工作」這三個字就會產生劇烈反彈的體質。

她今天也和我一樣，是來這裡開會的，但一看到公司就讓她想起過去的黑歷史，於是呈現希望之花（註：典出動畫「機動戰士鋼彈 鐵血孤兒」插入曲「Freesia」其中一段歌詞。歐格於劇中死去時播了這段副歌，因而成為其死亡的代喻）的狀態。這便是整起事件的前因後果。

好了，我想不少人聽到這裡應該已經猜出了大概吧。

她就是四期生之中最為謎團重重的「山谷還」本尊。

「我從鈴木小姐那邊聽說了。真是嚇了我一跳，您是VTuber的成員之一對吧？」

「是的。我是本名『東雲奏』的山谷還。既然聯絡了經紀人，莫非您也……」

「如果您對我有印象就太開心了——我是名為『田中雪』的心音淡雪。」

「！怎、怎麼可能沒印象！我也真是的，居然在崇拜的大前輩面前出盡洋相……」

「不不，我不是什麼了不起的人物啦！」

「您在說什麼呢！說到淡雪前輩，可是如今最有名氣的VTuber之一呀！一想到我正在和您這樣高不可攀的人物交談……心臟就跳得好快……」

「是、是這樣嗎？嘻嘻、嘻嘻嘻嘻嘻……」

由於我的朋友不多，很少聽到這方面的傳聞，所以老實說，我現在完全是處於又羞又喜的狀態。

被年紀明顯比自己大的人這麼說雖然讓我覺得有些不可思議，但值得開心的事終究還是值得開心！有仰慕我的後輩實在太棒啦！

「您是前輩，講話不用這麼客氣喔。」

「真的嗎？可是我的年紀比較小耶？」

「年齡不過是單純的數字。況且這會讓還比較開心呢。」

「喔，妳改用『還』自稱了，是進入直播模式了嗎？」

「呵呵，還也想體驗一下合作開台的感覺呢。」

雖說她喜孜孜開口的身影和我想像中的年長女性模樣有些出入，看起來卻非常可愛。

「妳是第一次來公司嗎？」

「是的。我面試的狀況也比較特別……」

「特別？」

「審查履歷時，公司瞭解了我的狀況，於是採取遠端面試的形式，由年紀與還差不多的工作人員擔任面試官，以像是和朋友交談般的輕鬆氛圍進行面試。」

「真是周到呢。」

「的確如此呢。由於是這麼一間細心的公司，我原本以為今天應該不會發作……不過我已經適應了，下次應該不會有事……」

「不，妳不用這麼在意啦。我也有略微相似的經歷，所以很懂妳的感受。」

在這之後，由於身為同行，我們便聊了起來，我也因此慢慢理解小還是怎樣的個性。

「妳為什麼想當VTuber呢？」

「因為還覺得可以藉此成為小嬰兒。」

「嗄？」

我以為那只是在演戲，想不到是真心話啊……

「身為漫畫家的時候，還也總是畫著嬰兒角色，投射還的內心。甚至畫過全由嬰兒角色構成的漫畫喔。」

「這不就是問題所在嗎……」

況且還不是後天影響，而是天生如此！

「不過還現在似乎被人說是自稱小嬰兒的糟糕女人，或是說什麼都不肯求職的女人呢，哈哈哈！」

「啊……原來如此……但不要緊嗎？這是妳的心靈創傷吧？」

「不會，還做出反彈的反應＝惹人發笑＝還變得更有人氣＝可以遠離就職。對還來說反倒是值得慶幸的事呢。希望大家多鬧我一點。」

「妳不想求職的信念真是堅定不移啊。」

「還打算名副其實地當一輩子的VTuber。」

原來如此，小還雖然有些古怪，卻也是會真心誠意地面對某些事物的人呢。

話說回來，她要做一輩子啊……和我果然有相似之處，不過小嬰兒的部分絕對不算在內。

總覺得像是看見過去的自己，讓我無法對她置之不理。

「既然如此，要不要試試合作開台？」

這是我一直惦記在心的事。我後來也做過調查，發現一如詩音前輩所言，小還迄今不只沒和前輩合作過，就連與同期之間都沒有合作經歷。

而觀眾們也逐漸察覺到這件事，最近甚至在說特上傳出了不太好聽的風聲。

「妳不想和大家合作嗎？」

「不不，我真的真的很想合作……但我是個非常古怪的人喔？要是和我合作，恐怕會給對方添很多麻煩的。」

小還露出了有些落寞的表情，如此表示。

「關於這方面，妳一點都不需要擔心喔！」

我像是要驅散她內心的不安，以斬釘截鐵的口吻這麼說道。

「說起來，能被Live-ON相中的，都不是心靈軟弱的人嘛。小還，妳景仰的我，可是個喝了酒搞壞形象，還會扯開嗓子開黃腔的瘋女人喔？我當然也會接受小還的一切，幫妳把場子炒起來！」

「是……這樣嗎？」

「如果還感到不安，就由我——小咻瓦當妳的首次合作對象，作為我拿出誠意的證明吧！」

「真、真的可以嗎？」

「嗯！就讓我手把手地帶妳認識Live-ON，從糟糕之處到溫暖的部分都讓妳體驗一番！妳會因此變得更有人氣，給那些一直都沒察覺到小還才能的人們一點顏色瞧瞧！」

……總覺得以前似乎也曾被人說過類似的話耶。

當時我雖然很開心，但現在的我是不是擺前輩架子擺得有點過火啦？

算了，反正她似乎對於能和我合作感到相當開心，這點小事就別管了！

「是媽咪呢——」

我滿腦子都在想這些事，結果沒發現小還輕聲地低喃了這麼一句——

「比平時的時間稍早地瀟灑登場！我是連野生少女自一百公尺外跌落的聲響都能聽見的女人——強零蛛人！等～登登～等登登！等登～登登（註：典出日本特攝影集「蜘蛛人」主角登場台詞之一。後半則是出自主題曲「駆けろ！スパイダーマン」的前奏，也是蜘蛛人現身時的固定配樂）！」

「各位觀眾媽咪乳頭好，我是幫◯適鐵粉的山谷還。」

：咦，這是怎麼回事……

：光是自我介紹就要成為傳說了快住口。

：這對組合實在是太超出預期了笑死。　¥2000

：合作？小還居然和人合作了？

：是初次合作啊！

：是誰說她心腸太黑所以被官方禁止合作的？罪該萬死。

：況且從收音來看……難道是線下合作？

：發生什麼事了……

：強零蛛人，妳還活著嗎！

：老大！有女孩子從空中掉下來了（註：典出動畫電影「天空之城」主角巴魯的台詞）**！**

：限你在五秒內接住她（註：惡搞動畫電影「天空之城」反派穆斯卡對巴魯說出的台詞）**！**

：已經摔到地上了吧。

：如果掉下來的是強零，大概連在一百公里外的聲響都能聽見吧。

：說起來野生少女是什麼鬼玩意兒？

：幫〇適鐵粉又是什麼鬼玩意兒……

：兩人默契十足地做了只能讓人聯想到世界末日的自我介紹真是大草原。

看呀看呀！倉促決定要合作開台的我倆，居然在當天就開起了線下合作台喔！

一切都要歸功於鈴木小姐的手腕！在聽說我們要合作的消息後，鈴木小姐眼明手快地幫我們調來了一整套開台用的器材，還為我們空出公司裡的空房，讓我們能夠直播開台！

現在時間是晚上七點三十分，我和小還一起吃過晚餐後，以把強零喝了個爽的狀態開始直播啦！

話說回來，小還的酒量好得讓我吃驚，即使喝了強零依舊面不改色。

根據她本人的說法，原因似乎是「因為是小嬰兒」。嗯，我一點都聽不懂，快來人翻譯一下。

「呃——有鑑於小還剛出道不久，或許有些觀眾不太認識她，可以讓我採訪一下嗎？」

「採訪嗎？……啊，原來如此，我明白了。」

「謝謝妳。妳名叫小還對吧？是第一次在咱們家入鏡對吧？」

「是呀，我還是新人呢。」

「妳很緊張嗎？」

「是有點緊張，因為還直到最近都還是無經驗者呢。」

「妳為什麼會想來我們這邊呢？」

「那個……其實我對這方面產生了一點興趣……」

「哦，原來如此。最近這類女生也變多了呢！妳放心！儘管交給我們公司打理吧！妳只要表現得和平常一樣自然就ＯＫ了！」

「謝謝您。」

「呃……那麼來問下一題。方便詢問妳有過（合作）經驗的人數嗎？」

「呃，其實我還沒經驗……」

「咦？所以妳是（合作）處女嗎？」

「是的，這是我的初體驗。嘿嘿。」

「原來不僅是初次演出，還是初體驗啊！這下可不得了！」

「好害羞喔……」

「呃，那妳有自己做（直播）的經驗嗎？」

「呃……有時候會做。」

「哦，挺好的嘛。做的時候會用玩具輔助嗎？」

「嗯，我經常會拿奶嘴來用呢。」

「咦？是、是這樣嗎？還真是特殊呢……？」

「因為還是個小嬰兒呀。」

「哦，原來是喜歡那類玩法的意思啊！哎呀——這個業界總是能招攬到形形色色的人才，擁有獨到的個性很不錯喔！」

「謝謝您！我會加油的！」

：喂（笑）。

：這完全是成人影片的訪談吧！

：小還的腦子轉得真快。

：明明丟出的是直白的話語，卻能巧妙地交纏成句，這是何等耽美而深奧的對話！

：這兩位明明都是女性，為什麼能對答得如此行雲流水……

：最不得了的是才開台一分鐘就搞了這齣的妳們兩位啊。

「如此這般，我今天偶然在Live-ON公司遇到她，於是開了場線下合作直播！今天請多指教嘍！」

「我才要請您多多指教。那麼，開場白到此為止。其實在開台之初，有些事情說什麼都得告知各位觀眾媽咪。」

「喔？」

她這是怎麼了？我可不曉得有這種安排啊。不過剛剛的訪談也完全是我們的即興發揮就是了。

「其實——還在今天遇見了尋覓至今的超媽咪，也就是心音淡雪媽咪。」

「…………什麼？」

咦？她沒頭沒腦地說了什麼？她說我是超媽咪？咦？說起來超媽咪是什麼？

：嗄？

：咦？

：所以說……到底是怎麼回事啦？

：小咻瓦又被奇怪的傢伙纏上了嗎……

「今後為了表露敬意，我想以『媽咪』來稱呼她。還雖然對於媽咪來者不拒，但不以『某某媽咪』稱之，而是單純以『媽咪』二字稱呼的對象，今後僅限於超媽咪心音淡雪前輩一人。」

「咦？等等，我在自己不知道的時候多了個孩子？小還，這是怎麼回事？」

「還今天遇上了足以改變人生的美妙際遇唷——」

小還以眉飛色舞的口吻，說起今天倒在公司時被我幫了一把的那件事。

到這邊為止倒沒什麼問題，然而糟糕的點在於我不瞭解小還的思考模式。

簡單來說，小還似乎從我今天的行動當中感受到莫大的母性。

想必很多人都會冒出「啥？」這樣的反應吧。放心，最想這樣反應的是我。

不過請各位仔細想想，這裡可是Live-ON，是那個會被說「根本沒打算在現實世界上市上櫃，而是直接登陸Char〇eMan研世界」的Live-On喔。

於是我放棄了思考（註：典出漫畫《ＪＯＪＯ的奇妙冒險》第二部關於角色卡茲的描述）——

「如此這般，今後請多多指教嘍，媽咪！」

「心音淡雪從今天起多了個年紀比我大的女兒！俺不管了。」

被坐在身旁的姊姊喊成媽咪——能明白這種心癢難耐感的人類實在少之又少，太遺憾了。

：物以類聚這個成語根本是為了Live-ON發明的。

：小淡真溫柔！想必是和小咻瓦之間的反差擄獲了她的心吧。

：不行，我如果不把強零也喝到爽，根本跟不上她們的對話思路。

：小咻瓦已經死心了笑死。

：這不是模擬懷孕，已經是模擬生產了。

：一開始仗著強零的力量所向披靡，最近卻出現好幾個用上強零之力也難以壓制的直播主……這是戰鬥漫畫嗎？

：妳在締造傳說的瞬間不是說過自己的同期爆好擼嗎！現在多一個孩子也不成問題吧？

：感覺以小咻瓦為中心的族譜即將成形了笑死。

：妳要當媽咪了啦！

〈神成詩音〉：喂——小還——媽咪在這裡等妳喔——！

「喔！妳看！要找媽咪不是有詩音前輩嗎！她比我這種人更有媽媽味喔！」

「詩音媽咪自是不在話下，但超媽咪除了淡雪前輩外不作他想。」

「儘管為時已晚，但我是不是該先對妳擁有無數媽咪這件事抱持疑問？」

「這是一子多母制喔。」

〈神成詩音〉：為什麼？小還以媽咪這個詞彙稱呼的，是醉醺醺地對自己的女兒用成人影片般的方式訪問的人喔？

：是用朋友般的態度共處的家庭來著？

：是性教育格外先進啦。

：哇——是北歐式呢。

：去和北歐道歉啦笑死。

「哎呀，總覺得詩音媽咪……有時候也會讓人害怕呢。」

「我懂。像我就被她拿著奶瓶餵過強零嘛。」

「那是一種獎勵，好羨慕啊。」

「咦——？」

〈神成詩音〉：我會好好照顧妳的喔？我會名副其實地從早到晚打理妳的一切喔。

：詩音媽咪，您就是這點不行啊。

：咿咿咿！

〈相馬有素〉：還閣下是小咻瓦閣下的女兒？如此一來，我若是和還閣下結婚，也會變成女兒嗎……原來如此，我這就去擬定計畫是也！

：別打起政治聯姻的主意啊www

：這是人類傻瓜計畫嗎？

「喔，聊天室熱鬧起來了呢。」

「畢竟是產子報告，這是理所當然的。」

「我就把剛才發生的事原原本本地告訴你們！我只是喝了一些強零，卻不知不覺多了一個比我年長的女兒。我……我想你們應該聽不懂我在說什麼，我也不知道她對我做了什麼。那絕對不是什麼體外受精或是代孕生子，絕對不是那麼簡單的東西。雖然只是一鱗半爪，但我感受到了更可怕的東西（註：惡搞漫畫《ＪＯＪＯ的奇妙冒險》第三部角色波魯那雷夫的對白）……」

好啦，一直繞著同樣的話題轉也不是辦法，於是我選擇概括承受，進入直播的企畫流程。

不過因為這場合作敲定得相當倉促，要提到能做什麼準備，我的回答只會是ＮＯ。

在這樣的情況下趕工出來的，便是這個「話題箱」。

箱子設計成看不見內容物，我們則會輪流從中抽出寫有各種話題的紙片，並順著上頭的話題進行對話。

雖然是非常樸素的東西，但這類小道具能在閒聊時成為很棒的輔助。

好啦，既然也和觀眾們說明完畢了，那就開始吧！

「那麼，有請媽咪先抽。」

「好！我抽的啦！」

我將手伸進箱子，抽出來的話題是——

「『最近沉迷的事物』嗎？這也是經典主題呢！」

「啊，這是還寫的呢。媽咪最近有沉迷的事物嗎？」

「嗯～我想想～最近我多了不少已經絕版的強零收藏，有時會把它們翻出來，笑嘻嘻地觀賞一番呢。」

「真希望這種沉迷的內容是杜撰的。那可不是紅酒喔，能把強零當成美術品看待的，放眼全世界也就只有媽咪一人了。」

「能用眼睛把強零看了個爽不也挺好的嗎？那小還有什麼沉迷的事物嗎？既然是妳寫的，應該有答案吧？」

「是的。還最近很常看動畫。」

「喔，不錯不錯。是什麼動畫？」

「是麵〇超人。我會一整天馬拉松式地觀賞。因為還是個小嬰兒呀。」

「妳也沉迷得太徹底了吧？」

「我現在是奶〇妹妹的鐵粉。因為還——」

「是個小嬰兒？」

「正是如此，您非常清楚呢。真不愧是還的超媽咪。」

「我一點都不清楚好嗎。」

即使來到這個年紀，我還是會感到恐懼的。這下子沒臉說詩音前輩了……

「此外，我最近也迷上吃牛排。不過還吃不起高級餐廳的牛排就是了。」

「哦，妳喜歡吃肉嗎？」

「還當然很喜歡肉。但吃牛排時不是要圍餐巾嗎？我會想像自己把口水滴到餐巾上，如此一來，原本不被允許的戶外嬰兒玩法，就能透過這種模擬形式享受一番了。這能同時滿足還的食慾及幼兒慾，讓還心滿意足呢。」

「我以為妳的目的是吃肉，想不到目標卻是肉慾，真是被擺了一道。還有，別把奇怪的東西混進四大慾望裡！」

「四大？不是三大慾望嗎？」

「是食慾、睡眠慾、性慾和強零慾！這是常識吧？」

「這就是有其母必有其女吧。」

：笑死。 ¥10000

：整個過程都充滿槽點。

：嗯，無論哪個都不會妨礙到別人，真棒。

：我想提倡果〇爺爺的腦袋裡灌滿果醬的假說。

：有這種想法的你才是滿腦果醬吧？

：有夠毒舌笑死。

〈宇月聖〉：哦，妳們忘記催眠慾嘍？

〈相馬有素〉：也忘了淡雪慾是也！

：這種光怪陸離的異世界氛圍正是Live-ON的賣點呢。

「接下來由還來抽箱子。嗯～就抽這張吧。上面寫的是……『模仿』呢。這算是話題嗎？感覺只是才藝表演……」

「哎，畢竟我們一開始雖然寫得很認真，但寫到後來就變成隨興亂撇了呢。」

「請原諒我吧。畢竟還是個小嬰兒呀。」

「請原諒我吧。因為咻瓦是Live-ON的一員呀。」

：原諒妳！

：退個一千步還能接受小嬰兒這個理由，但小咻瓦只是在仗勢欺人而已笑死。

：既然是Live-ON就沒辦法了。

：因為Live-ON的成員都太奇怪了，看著看著反而會覺得「該不會奇怪的其實不是直播主而是我吧？」

：明明是純度百分百的現實，講出來的話卻是異次元等級的難懂。真不愧是心音咻瓦雪，腦脊液的酒精濃度就是不一樣。

：別講得我們的腦脊液都有酒精濃度一樣好嗎w

「媽咪會模仿嗎？」

「包在我身上！那麼，模仿的主題是『在滿是碳酸且充斥著流動強零的強零河中看見了喜歡的500毫升罐裝強零，卻溺水的我』，要開始嘍！」

「想不到模仿的對象居然是自己，況且細節太多根本無法理解，實在讓我嚇了一跳。不過總覺得能看到很有趣的東西就是了。那麼，請開始。」

「強零裡面……有……500毫升罐裝酒。我要……去撿。啊……這個強零河……好深！啵啵啵啵啵啵！啵哈！噗喔——！啵啵！啵啵！救命！要被沖走啵啵啵啵啵！救命啊！晴前輩！救救窩啵啵啵啵啵啵！啵啵！」

「到此為止都還是套路。」

「啊，這個強零……好喝！咕嘟咕嘟咕嘟咕嘟！咕嘟咕嘟！小光！真白白咕嘟咕嘟！」

「走勢改變了呢。」

「救我！小恰咪！詩音媽咪！貓魔前輩！聖大人！美……汐——」

「等等，剛剛那句話最後是不是冒出了不認識的人名？」

「咕嘟咕嘟咕嘟咕嘟咕嘟！咕嘟！咕嘟！救命！我還……不想死！我不想死！咕嘟咕嘟咕嘟咕嘟！咕嘟！咕嘟！」

「媽咪好糟糕。在各種意義上都很糟糕。」

「這條河……好喝，好喝咕嘟咕嘟咕嘟！呼……總算喝乾了。如果不是強零，我就會當場死亡了呢。」

「而且這個人居然還活下來了。」

：無法避免的大草原。

：感覺其實很開心。

：因為有人一直認真講感想，吐槽的節奏完全跟不上啊！

：別把強零河說得像是自然生成的河川一樣！

：要是有這種河川，動物們不就都要變得咻瓦咻瓦了嗎！

：等等，我說不定察覺到恐怖的事實。住在那座森林裡的動物們，其實就是Live-ON的直播主們吧？這得向學會報告嗚哇你們要做什——

：Live-ON「你知道太多了。」

：雖然現在說這個有點晚了，但這不算是模仿吧……

：要探討這個的話，我也想問流著強零的河川裡有500毫升罐裝酒是哪門子情境？

：雖然是初次見面，但我已經喜歡上妳了。

：新來的觀眾一見鍾情笑死。

「好啦，接下來換小還了！」

「咦，還也要模仿嗎？經歷剛才那起慘案後，我實在很不想做耶。」

「當然要做啊！我都模仿過了耶！」

「我明白了。那麼主題是『初次開台的媽咪』。大家豪今晚也也也也素飄著沒力淡淡雪的

（發抖發抖）——」

「喂——！我可沒吃螺絲吃得這麼嚴重啊——！」

「呀啊～♪」

像妳這種囂張的小ㄚ頭（？）就得好好教訓一番才行！

這傢伙明明自稱小嬰兒，卻有著成熟又色情的身體！接招吧！

「哎呀呀，我被媽咪推倒了。」

「我現在就要讓妳當媽咪啦！看招看招！」

「呀啊～♪再這樣下去就要被媽咪變成媽咪啦～♪」

「看招——等妳生出小嬰兒後，我就來告訴她『我就是被妳媽咪當成媽咪後把妳媽咪變成媽咪的媽咪的喲』！」

「我要被有詩音媽咪這個媽咪的媽咪給變成媽咪，成為生下小嬰兒的小嬰兒啦～♪」

：講日文好嗎？

：到底想給我們看什麼東西啊……

：媽咪多到要字形飽和了。我自己也不懂自己在說什麼。

〈神成詩音〉：這裡是天國嗎？

：想當她們的小嬰兒。　￥4545

：有這種心願的話就別投這種金額好嗎……

：如果現在去死說不定就能投胎成她們的小嬰兒。

：天才出現了。

哎呀，傻呼呼的打鬧到此為止，來繼續下一則話題吧！

年長女兒的身體真是棒啊！

「來抽下一個話題的啦！呃——這是『喜歡的書籍』呢！」

「啊，是還寫的喔。順帶一提，還是繪本鐵粉。媽咪平常會看書嗎？」

「書啊，《我想喝掉妳的強零》真是部好作品呢！」

「那是什麼書呀……不就只是偷喝別人酒的混帳嗎……」

「唔～那小還喜歡的書是什麼呢？」

「當然是《我想喝媽咪的強零》了。因為還是個小嬰兒呀。」

「和我的書沒什麼差吧！」

「不對，這其中是有差異的。媽咪的咪咪會流出酒精濃度9％的母乳，所以想要喝——換句話說，這只是追求母親的母乳，是極為健全的小嬰兒需求喔。」

「這種身體真方便，完全能自己自足了嘛？」

「咦？」

：www

：不愧是把河川喝光的女人，屹立不搖。

：這是神話的其中一個章節嗎？

：明明一開始說是繪本鐵粉，結果還是接了哏，超喜歡小還隨心所欲的模樣。

：用認真低音發出的「咦？」讓人生草。

：這裡是考察班。對小咻瓦來說，強零是無可替代的重要之物，就算以人生稱之也不為過。但她表現出對強零的渴望，是否代表小咻瓦正以她的方式做出了「請把你的重要之物（人生）送給我」的告白呢？小咻瓦其實意外地害羞呢。換句話說，「我想喝掉妳的強零」其實等於「和我S〇X吧！」的意思。

：還以為→仁兄發表了高見，結果全被最後一句話搞砸了笑死。

：在以為他發表高見的當下就已經病入膏肓了啊。

：**害羞的人再怎麼拐彎抹角也不會說「和我S〇X吧！」　￥2000**

：不妨做些更有意義的考察吧。

：這是針對新人類所做的考察，超有意義啊。

：小咻瓦的存在終於脫離一般人類的範疇了嗎……

：是New Type嗎？

：是Zero Type吧。

：這不是退化了嗎（笑）。

：但肯定能將零式系統駕馭自如。

：咻瓦「零式啊……引導我吧。」

：零式系統「去喝強零啦。」

：咻瓦「任務，瞭解。」

：這只是想喝而已吧。

〈相馬有素〉：我想吃掉小咻瓦閣下是也！

：請指定一個部位。

：你這樣說的話，這孩子又會回答懸雍垂嘍。

〈宇月聖〉：想吃女人。

：請指定一個個體。

：好困擾啊，我這裡是剪輯班，但整篇直播都沒有可以下刀的地方。

：沒地方能丟的空罐。

「順帶一問，媽咪有特別喜歡的佳句之類的嗎？」

「嗯——應該是『一直以來，我過著羞恥的生活（註：出自日本名家太宰治的小說《人間失格》）』吧？」

「我知道。」

：我知道。

：我知道。

：您記得真清楚。

：感謝妳的自我介紹。

：果然本尊的說服力就是不一樣。

「奇怪？那應該是我最喜歡的佳句呀……奇怪？」

在那之後，我們聊了幾部喜歡的漫畫和書籍，並在抽了好幾次的話題後，受限於預先決定好的直播時長，便就此關台。

不僅深獲觀眾好評，我們下播的時間也相當早，感覺有些依依不捨。但既然是借用公司場地，實在不好意思待太久。差不多該回家了。

「吶，媽咪。」

「怎麼啦——？」

就在我收拾器材到一半之際，身後背對著我的小還出言表示。

「今天真的很謝謝您。」

「嗯！我才要謝謝妳呢，這次開台很開心喔！」

「的確呢。老實說……還一直不曉得與某人敞開心胸聊天是這麼愉快的一件事。託今天媽咪之賜，還對自己更有自信了。這輩子都不會忘記與媽咪今天的相遇。」

「小還……」

由於收拾器材發出的窸窣聲讓我一開始沒能察覺，但我隨即聽出她的嗓音帶著微微顫抖。

她也是跨越諸多苦難後踏上這個舞台的其中一員，肯定在這段過程中承受了不少孤獨感。

我的身體自然而然地從背後抱住了還。

雖說她的背影看起來比我還要高大些許，此時的她感覺卻嬌小得能被我納入懷中。

我肯定是到了這一刻，才首次湧現自己身為「前輩」的自覺。

「還現在有了目標——總有一天，還要成為會讓媽咪驚嘆『還是我的女兒真是太好了』的存在！」

幾分鐘後，小還轉身對我這麼宣布，臉上顯露著我從未見過的爽朗神情——

那天之後，她變得會積極參與其他人的合作，在單人直播時也表現得更為開心，使她的人氣登時如日中天。

儘管這樣說可能有點老王賣瓜，原本憧憬著晴前輩和一期生而加入Live-ON的我，如今立場卻像是顛倒了過來，成為後輩們憧憬的對象。

這點對我來說實在感觸良多。

如果硬要擠出一個結論，那恐怕就是——

能堅持當一名VTuber真是太棒啦！

和真白白聊過結識時的話題後，由於還有時間，我們繼續通電話聊天。

眼下我們由聊完結識時的話題，順勢聊到彼此現在的關係。

「雖然咱有點擔心會被挖出黑歷史，不過對小淡來說，有沒有感受特別深刻的記憶？」

「啊——……該怎麼說，有印象的片段實在太多了，想挑一個來講還挺難的呢。」

「的確，畢竟打從出道開始，咱們一起混過了一段不算短的日子呢。」

「總的來說，當時的我們肯定無法想像自己會變成現在這樣吧。」

「呵呵，確實如此呢。小淡的情況尤其適合套用這句話。」

「正因為現在已然看開，那對我來說都成了美好的回憶。啊，扯遠了，我們是在聊當時的事呢。」

嗯——……該挑哪個好呢……當時我因為衝不出人氣而焦躁不已，每天都拚死在幹呢。該怎麼說，無論過去還是現在，我都過著驚濤駭浪般的日子啊。

而即使處在那種狀態下，我和真白白的合作次數依舊居高不下。就連在非直播的時候，我也常向她討教關於器材的選購等話題，所以相關回憶可謂多不勝數……

「——啊。」

「嗯？小淡，怎麼啦，有想到值得一提的事嗎？」

「哎呀，雖然算是想到了，但這該不該說呢……」

「怎麼這麼裝模作樣呀？咱們都是這種交情了，現在不管聊什麼都不會害臊了吧？」

「這、這樣啊。那麼，呃……那就來聊聊真白白在直播時做蠢事的回憶吧……」

「再好的交情也要講求尊重，這個話題就到此為止吧！」

「喂，真白白！說話不算話實在太狡猾了！」

「話是這樣說——……」

一瞬間就有所察覺的真白白，試圖逃避談論這個話題。平時我們這些直播主就算瘋起來鬧，真白白仍會一邊抱怨一邊奉陪。她會表現得如此反彈，可說是極為罕見。

但這也怪不得她，畢竟這是關於她險些鑄下大錯的一段小故事。

「咱在那件事之後也有好好反省喔？當時確實給小淡添了些麻煩，但妳就饒過咱吧。」

「不不，我當然已經原諒妳嘍，應該說我那時完全沒生氣呢。只是妳想想，那也不全是一件壞事，對我倆的關係來說甚至是一個不錯的經驗吧？喏，我們也是從那時才用暱稱稱呼彼此呀。」

「嗚，好像是這樣沒錯啦……」

「畢竟我剛剛也被揭露了不堪回首的往事，這次輪到我反擊啦！喏，快想起當時的事！」

「那其實算是咱一時失控耶。哎呀，這也沒辦法。」

好懷念……即使到了現在，當時的光景對我來說依舊歷歷在目。

那是我們出道後大約過了一個月，正逐漸習慣直播生活時所發生的插曲。

當天沒什麼壞兆頭，真白白正做著一如往常的閒聊直播。而並未撞到開台時間的我，則毫不虛心地以觀眾身分享受著她的直播內容。

真白白的對話能力之強，甚至能輕易招架住進入小咻瓦模式的我。她會在從事自己的主業——插畫的同時，以輕快的節奏與觀眾閒聊。

此時，世人正逐漸察覺到真白白身為直播主的才能，同時觀看人數也有了飛躍性的提升。我還記得當時真白白閒聊之際看起來格外開心。

由於已經習慣開台的生活模式，對她來說，這種閒聊台想必是放鬆自己的絕佳方式吧。

那時候的我既為真白白的成長感到欣慰，也認為這對她是正面影響而感到開心。某則留言卻打破了這樣的和平。

：妳的插畫水準太低了，所以沒人對那個叫心音什麼來著的傢伙感興趣啦www

「嗚哇，是垃圾留言……」

這句留言充斥著惡意，還藉由我的名字含血噴人，屬於最為惡質的垃圾留言。

說起來，這句話可以吐槽的地方實在太多了。在成為VTuber之前，真白白的繪畫功力早就廣泛受到世人注目。以實際狀況來說，由於早先我個性內向的事還沒曝光，因此在注重外觀的三期生發表直播結束後，我的人氣直接衝上第一名。光是這點，就能證明真白白的插畫功力無庸置疑。

雖說和其他直播主相比，我的人氣確實是低落不少，但這都是因為我個性內向。以結論而言，寫下這則留言的人就只是想找碴而已。

但只要當直播主一天，便無法避免遇上這種黑粉。包含我在內的所有人都為此苦惱，最終得到的結論依舊是「無法可管」這四個字而已。

即使再怎麼不甘願，到頭來終究還是只能選擇置之不理，所以像平常那樣不把他們當成一回事就好。

那天的真白白卻不一樣——

『嗄？喂，剛剛留言的那傢伙，你在說什麼鬼話？罵咱也就算了，你是不是連小淡雪都罵進去了？』

「小、小真白？」

任誰都能一眼看出真白白生氣了。

『小淡雪可是很努力喔，每天都拚了命思考該怎麼讓觀眾們開心，咱總是在最近的距離看著她，所以不會有錯的。哎，對於目光如豆，在寫下這則留言之前從未努力過的人渣來說，八成是一輩子都無法明白的道理吧。』

「小真白……」

況且她並非替自己生氣，是為了我動怒的。

我還是頭一次聽見她用這麼粗魯的語氣說話，當時真的嚇了我好大一跳……而知道她如此為我著想也讓我相當訝異。

『……哎，就是這樣，你以後講話小心點啊。沒頭沒腦地嘲弄別人的傢伙，總有一天會禍從口出的。』

儘管聊天室為此喧騰了一番，不過因為真白白在這件事上完全有理，反而博得觀眾們的好感。至於寫下那則留言的黑粉則是消失無蹤。

但這件事並未到此為止。倒不如說，真白白的失控才要正式開始——

『好啦，雖然咱把想說的話說完了……不過說起來，咱的插畫好像也被嫌了對吧？趁著這個機會，就來聊聊咱設計小淡雪時究竟投注了多少熱情，當成這次閒聊的主題吧。』

真白白這麼說完，隨即拉出一張註記了諸多細節的淡雪設定稿完成圖。

接著，她鉅細靡遺地談起淡雪的身體……

從亮麗的長髮聊到肌膚的彈性，接踵而至的是鎖骨和腋下等讓人感受到特定部位癖好的話題，最後則將話題帶到平時無法看見的肉感大腿和胸部大小……

看到真白白愈說愈激動的模樣，我不禁浮現：「咦？這樣是不是不太妙？」的念頭。而我的預期真的化為了現實。

『咱啊！可是連小淡雪的乳頭顏色都設定得很詳盡喔！呼嘿嘿，大家也很在意乳頭對吧？』

「嗄、嗄嗄？」

『那咱就來畫給大家看吧——』

「嗄——？」

那個看似冷酷又中性的真白白，此時展露出難以想像的馳蕩嗓音，說出極為要不得的話語。

而她確實是言出必行。只見她挪開了剛才的設計圖，打開新的畫布！

『呼……呼……呼……嗚！』

「等、等等等等？等一下啊啊啊啊！」

我不禁在房間裡獨自吶喊出聲，聊天室裡也是哀號遍野！縱使腦袋依舊處於混亂狀態，我仍很清楚這是一大危機！

「留言根本來不及！打電話！得打電話聯絡她！」

為了阻止同期的失控行徑，我以焦慮的動作打給正在開台的真白白。

「求妳了！快接啊！」

我向神明祈求真白白趕快察覺到來電鈴聲，藉以守住她的頻道和我的私密部位。

「她沒聽見嗎！」

然而，即使我打了電話過去，發揮驚人專注力的真白白依舊沒有立即察覺來電鈴聲。

但我不死心，持續等待她的接聽。

『…………奇怪？小淡雪？』

「妳聽到了嗎？」

不曉得是不是努力終有回報，在我撥打過去大約一分鐘後，真白白終於接起我的電話。

我事後才知道，這天真白白的經紀人似乎湊巧沒看到她的直播，因此是真的差點成了一點都不好笑的天大危機。

「喔——小淡雪，怎麼啦？咱現在有點忙，要聊天的話晚點再說吧？」

「那個，小真白！妳說說自己正要做什麼！」

「嗯——？咱正打算畫小淡雪的乳頭喔？」

「為什麼妳講得一副滿不在乎的模樣？知道的話就快住手！這在各方面都會很不妙的！」

「唔～為什麼這麼想喊停呀？咱很想看看小淡雪的乳頭呢。」

「不不這種說法很奇怪吧？妳今天到底是怎麼了？平時那個酷酷的小真白去哪裡了？」

「少囉唆！媽咪想看女兒的乳頭有什麼錯！會覺得丟人才有問題吧！咱可是媽咪喔！」

「這和丟不丟人無關，妳是在開台啊！妳現在正在開台！全世界都在看妳，這很不妙耶！」

「咦？……啊……」

真白白原本不知停止為何物的手部動作，總算在此時停了下來。

她似乎終於正確地理解到自己正在做些什麼。

「啊、啊～……大家抱歉，咱去冷靜一下……」

講完這句話後，她便就此關台。

而即使結束了直播，我們的通話依舊沒有掛斷。真白白一而再再而三地向我道歉，害我都要擔心起她了。

「抱歉給妳添了麻煩……咱這次真的是失控了，咱都做了些什麼啊……也謝謝妳出手幫忙。」

「不會不會，能平安收場就好。不過您是怎麼了？我還是頭一次看到小真白失控成那樣呢？」

「一提到和插畫有關的事，咱就容易變得難以自拔……尤其咱在今天開台時放鬆得很徹底，加上出現了惹人厭的留言，才會變得這麼容易不受控……咱不會再犯同樣的錯誤了。」

而在這天之後，真白白雖然還是會在插畫方面的話題上激動起來，卻再也沒有出現違規行為。這天的事故純粹只是種種不幸偶然累積下來的結果。

儘管如此，真白白似乎放不下這件事，屢屢向我道歉。

「請讓咱再次向妳道歉。就結果而言，是咱給小淡雪添麻煩了，真是丟臉……」

「別擔心，我真的沒放在心上啦！請您別一直道歉喔。」

「真的嗎？太好了……不過咱原本打算以腳踏實地的作風活動，這下還真是沒了自信呢。」

「請、請別這麼說！」

看來真白白相當沮喪。見到她如此自責的模樣，就連我都感到有些難受。

一直受她照顧的我，豈能不在此時激勵同期呢！

「小真白，您該對自己更有自信喔！您不僅擅長繪畫，聲音也是帥氣與可愛兼備，還很會和人聊天，更溫柔到願意為我這種人打氣呢！」

「喔？喔？是、是這樣嗎？」

「況且老實說，您為我發脾氣時，我真的很開心，覺得您的表現非常帥氣！還有還有——」

「ＯＫ、ＯＫ，謝謝妳啦。咱已經感受到小淡雪的心意了。妳一直這樣誇，咱也是會害羞的，所以停下來吧！」

無論是現在還是那時的我，都沒有激勵人心的口才，因此雖然想讓她振作起來，但實際上只是把我喜歡她的優點全數列出來，反倒似乎讓她害羞了起來。

不過，看她因此擺脫了沮喪的思維，我總算稍感放心。真想誇誇當時的我。

「嗯，誠如小淡雪所言，現在不是垂頭喪氣的時候。總之咱會先向觀眾們為今天的事情道歉，然後繼續努力！」

「好的，您道歉之際請讓我陪同。但我不覺得這起事件會造成多大的風波就是了……」

「希望如此呢……」

而實際上一如我預期。由於她起初是為了我生氣，這點博得了眾人好感，導致大家紛紛將真白白看成「溺愛女兒的媽咪」，對此提出批判的人們則成了少數派，一段時間後便消失無蹤了。

「哎，無論結果如何，咱都會繼續努力的。因為咱說過喜歡努力的人，為了能更喜歡自己，咱自然也得好好努力。謝謝妳，咱打起精神嘍。」

「好的，今後無論發生什麼事，我也都會以重要夥伴的身分站在小真白這邊喔。雖然我可能不太可靠就是了……」

「……欸，小淡雪，趁著這個機會，咱們今後都以暱稱來稱呼對方如何？」

「呃？您說暱稱嗎？」

「嗯。因為咱果然還是很喜歡小淡雪呢。」

「咦咦咦?喜、喜歡我?」

「呵呵,為什麼要這麼慌張呢?咱是指朋友的那種喜歡啦。」

「啊、啊~是這麼回事呀!這也是當然的呢!對對對!」

「那關於暱稱的提議,妳覺得怎麼樣?」

「當然可以啦,總覺得像是回到學生時代呢。」

「確實呢。那妳打算怎麼叫咱呢?」

由於我一直過著和友情絕緣的生活,能以暱稱稱呼對方實在是一種殊榮。我絞盡腦汁拚命思索著。

嗯——……

「『真白白』……之類的……」

「真白白?」

「您、您不喜歡嗎?」

「沒有,一點都不討厭喔。咱只是很好奇理由罷了。」

「那個,一期生的晴前輩不是被大家稱為『晴晴』嗎?我其實一直都很憧憬晴前輩,對我來說,我從小真白身上感受到與那份憧憬十分相似的親暱之情,才打算用類似的叫法稱呼您……您厭惡這種叫法嗎?」

「原來如此，那今後就是叫咱真白白嘍？挺好的嘛！唸起來挺像是白亮亮的甜點，咱很喜歡這種可愛的暱稱喔。」

「真的嗎？太好了……」

「接下來換咱取名了。咱已經想好嘍——妳覺得『小淡』怎麼樣？」

「小淡是嗎？我覺得很棒呢！能詢問您取名的理由嗎？」

「妳總是一副惴惴不安的樣子，所以就叫小淡嘍。」

「等、等等？這是什麼命名方式呀！」

「呵呵。」

在這之後，我們一起辦了道歉直播。感覺我和真白白的合作頻率也是在這之後急遽竄升的。

若要說到我倆關係變得融洽的契機，由真白白的失控所引發的這段往事絕對算是其中之一，便被我當成這次的珍貴回憶話題了。

……如此這般，說到我們現在的狀況——

「嗚嘎啊啊啊！咱再也不要聽這件事了！感覺怪肉麻的！要是再不結束這段對話，咱就要掛電話了！」

「對嘛別提了還是別提了！哎喲，我都因為太悶熱而出汗了呢！」

我倆都因為過於害羞，落了個兩敗俱傷的下場。

第三章

和小恰咪的遊樂園回顧台

儘管有些突然，但各位還記得之前曾有這麼一段對話嗎？

「既然如此，我們下次去遊樂園玩吧，小恰咪！」

〈柳瀨恰咪〉：我馬上做準備。

「等等！動作太快太快了！冷靜一點！」

記得此事又超級喜歡小恰咪的各位，久等了！

「各位晚安，今晚也是飄著美麗淡雪的好日子呢。我今天邀了一位美麗的來賓一同開台嘍。」

「呵呵，晚上好，將大家帶往至高治癒之地的柳瀨恰咪姊姊來嘍。」

「很好很好，沒咬到舌頭真了不起！」

「謝謝稱讚。但我因為怕咬到舌頭，所以剛剛那段話其實是錄音檔。」

「才開場就有爆點啊……」

：哇——好清秀——

：→這位仁兄唸起來肯定不帶感情www

：今天果然是小淡登場呢。

：前天收到通知後我就全裸等待了，要不是在家工作，我就要受到致命傷了。

：快說說遊樂園的事！

：哦，天職老兄講的通知是指遊樂園的事啊（笑）。

沒錯！我遵守上次合作時的約定，和小恰咪進行了一趟兩天一夜的遊樂園之旅！

況且因為小恰咪沒有這方面的經驗，我們的目的地便選了那個富士龍之島！

我還在念書時曾去過一次，不過間隔了好幾年，所以又能重拾嘗鮮的心情享受一番呢。

然而當天享受遊樂園之旅的只有我們兩個，為了也讓觀眾們感受到當天的樂趣，所以今天特地開了遊樂園回顧台！

「好的好的，大家別急，先讓我們回覆蜂蜜蛋糕吧。請放心，我稍後就會鉅細靡遺地講述遊樂園發生的大小事。」

「今天的我可是情緒高昂，別以為我和平時一樣草包喔。」

「可是剛剛的錄音檔已經暴露妳草包的一面了……」

「怎麼會！」

「好的，那就從第一則開始吧～」

@已經是能生產強零的身體了呢。@

「根據小咻瓦的說法是『我會不好意思啦///』。」

「我完全不懂呢，這算是稱讚的語句嗎……」

「儘管這篇蜂蜜蛋糕已經是腦袋爆炸的人才想得出來的，但我覺得原哏比這篇還要糟糕好幾倍……」

「是這樣嗎？」

「因為對小恰咪刺激太強，來看下一則吧！」

@昨天，我去了附近的超商。是超商。

結果看到店裡有好多人，根本沒辦法結帳。

然後呢，我仔細一看，發現店裡掛著廣告布簾，上面寫著酒精飲料兩瓶折20圓。

這真是，有夠蠢，有夠笨的。

你們喔，別為了區區20圓跑來擠平常不上門的超商啦。白痴嗎？

20圓耶，20圓。

裡面還有大學生的身影。是約了社團的人一起上超商嗎？真是恭喜你們啊。

還有人喊著「好咧——來喝500毫升罐裝酒吧。」真是看不下去了。

你們喔，我掏20圓給你們，把手裡的罐子放回去吧。

所謂超商，是要更有殺伐之氣的地方啊。

就算突然對著櫃檯後方的店員爆發衝突也不奇怪。

是捅人還是被捅——這樣的氣氛豈不妙哉？依舊不能喝酒的小鬼還是滾蛋吧。

然後，就在好不容易要輪到我結帳時，排在隔壁櫃檯的傢伙忽然點了個肉包。

這又讓我氣到抓狂。

我說啊，肉包現在早就已經退流行了。你白痴嗎？

居然還滿臉得意地點了一顆肉包。

我真想問問你是不是真心想吃這顆肉包？好想抓起來逼問，想抓著他逼問好一段時間。

你啊，其實只是想講出肉包這兩個字吧。

對於超商專家的我來說，在超商專家之間現在最流行的——

果然還是薯條吧。

山葵章魚粒配薯條和「強零」，這就是專家的點法。

山葵章魚粒有夾鏈袋，一次可以只吃想吃的分量。這個好。

吃了山葵章魚後，再配上一口分量的薯條。這是最強搭配。

不過這麼點單也得背負著被店員記下的風險，是一把雙面刃。

這種點法不能推薦給門外漢。

總之，你們這些大外行還是買點果汁喝就好啦。@

「這是列入傳說的某牛丼店定型文（註：典出早期日本網路部落格內容，俗稱「吉野家定型文」）呢。」

「為什麼這位會覺得當一個超商專家很了不起呢……」

「和店員爆發衝突什麼的，是來到世紀末（註：指漫畫《北斗神拳》的世界）了嗎？還有，薯條配山葵章魚粒配強零可說是奇蹟世代——這是小咻瓦說的。」

：已強喜。

：別省略這麼多字啦www

：山葵章魚粒有夾鏈袋，一次可以只吃想吃的分量。這個好——這根本不是山葵章魚粒的優點啊笑死。

：說起來，這人也沒去分析薯條好不好吃啊（笑）。

：又端出有夠老的哏。　¥2000

：原來小咻瓦已經成長到會拿下酒菜來配了，感動流淚。

：我最喜歡肉包了（小聲）。

：殺伐的超商……是從北〇神拳的世界轉生過來的人嗎？

：關於我從世紀末轉生後因為世界太缺乏危機感，於是在教導他們生存法則後被關進大牢的這檔事。

：被抓了喔笑死。

@小咻瓦超人！

是新的強零喔！@

「感覺就算被潑滿臉也會喝光光呢。」

「口渴了嗎？來喝我的強零吧by小咻瓦。」

「不要在直播上傳教。」

@咻瓦真白那情誼深厚的互動是我生存的糧食，謝謝妳們！

話說回來，仍以小淡真白的形式合作之際，兩人心裡都是怎麼想的？請告訴我吧。

不對，不如直接讓小淡真白合作開台，讓我看看兩位也可以喔！@

「我們的關係一直都沒變。不過真白白就像是優異品味的化身，我很尊敬她呢。每當我陷入煩惱時，她常常給我建議或鼓勵，所以說不定對我來說就像個姊姊呢。也請大家聽聽真白白的說法！」

〈彩真白〉：畢竟是咱在同期之中特別有關連的人呢。咱覺得就像是兩人三腳的搭檔喔。

「就是這樣！」

「妳們的感情真的很好呢。友情真是美妙呢。」

「好啦，差不多是時候聊聊遊樂園的事了！」

「也是呢，該從哪裡開始說？」

「就從小恰咪在車站裡迷路的事開始講吧？」

「那和遊樂園無關，我拒絕。」

「可是觀眾們應該很想聽吧？對吧——各位觀眾——？」

：想聽！

：我也想聽！

：這不是廢話嗎？

：小恰咪會迷路是大家的共識。

：為了聽這段敘述我把耳朵的敏感度提升三千倍了，請救救我。

：您是海豚嗎？

：比海豚還誇張吧。

∴耳朵變對〇忍的仁兄跑來求救笑死。

「看吧？大家都想聽呢。」

「嗚，既然是為了心愛的觀眾，那就沒辦法了，我會做好覺悟的。」

「謝謝妳！那麼開始回顧吧！」

和上次與真白白的通話不同，這次得仔細地回顧，並將內容傳達給各位觀眾才行。

試著用重溫舊夢般的態度講述這段經歷吧。啊，雖然我們在當地是以本名互稱，不過這次因為是在開台，自然就改用藝名稱呼了。

展開遊樂園之旅的前幾天，我們說好在東京東站閘門前會合，並搭乘新幹線前往富士龍之島。而我為防萬一，又問了小恰咪認不認得路。

她的回應是：「真是的，妳以為我在東京住多少年了？閉著眼睛也走得到啦！」姑且讓我安心了不少……

由於幾乎天天過著得開台的生活，在我向觀眾們宣布要休假旅行之後，好不容易到了出發當天——

「嗯？」

我已經做好搭上新幹線的準備。因為距離發車還有一段時間，我正打算調查富士龍之島的人氣設施消磨時間——就在這時，小恰咪打了電話過來。

「喂喂——怎麼啦？」

「啊，喂喂，小淡雪妳聽我說，我似乎中了伊邪那美之術（註：漫畫《火影忍者》的瞳術，能讓中招之人迷失在不斷循環的幻術之中）呢。」

「……什麼？」

「我不管走到哪裡，周遭的景色都大同小異，真是傷腦筋呢。」

「妳該不會迷路了吧？」

「不、不是啦，我就說是中了伊邪那美之術——」

「妳還沒上車對吧？妳應該是在車站內，但不知道該往哪裡走對吧？」

「是……如您所言……小淡雪救命啊！」

「妳之前不是講得一副信心十足的樣子嗎？到底是怎麼回事……」

「仔細想想，我確實是在東京住得很久，但過著足不出戶的生活，所以根本沒去過幾次車站。」

「妳就是這種個性，所以才會被稱為小草包恰咪——簡稱小草啦！」

「我才沒被這麼稱呼過呢！不過聽起來挺可愛的，說不定有搞頭。」

「唉，總之先回報一下妳附近顯眼的地標，我會維持通話幫妳指路的。」

「謝謝妳！呃——附近有位高得驚人的男性呢。」

「小恰咪……我再怎麼努力也沒辦法從這種線索找出妳的位置啦……」

老實說，這種狀況原本就在我的預料中，於是我有條不紊地幫她帶路，順利在發車之前會合，然後一同搭上了新幹線。

「妳真是幫了大忙。這座車站和迷宮沒兩樣呢。」

「對於第一次來的人來說確實很難找路呢。」

「在克服難關之後，我現在感受到莫大的滿足感。」

「這連原本目的的邊都沒擦到好嗎……」

坐在隔壁的小恰咪看上去比我來得成熟許多，即使穿著便服，依舊散發出事業女強人的氣息。而這也讓我再次明白什麼叫做人不可貌相。

但對於我或是主力推崇小恰咪的觀眾來說，這種反差感才教人欲罷不能嘛！

……咦？仔細一看，小恰咪的臉龐好像和平時有點不一樣？

「小恰咪，妳該不會是累了吧？看妳的氣色似乎不太好……」

「啊，我有化妝掩飾，結果還是被妳看出來啦？老實說，我太期待和小淡雪的遊樂園之旅，所以昨天完全沒睡呢。」

「距離抵達目的地還有一段時間，妳現在立刻給我睡覺。」

「怎、怎麼這樣！為了這一天的到來，我事先可是準備了好多好多的新幹線聊天牌組呢！」

「之後要陪妳聊幾個小時都不成問題，快去睡覺！」

「好啦……」

「發生過這樣的一段插曲喔～」

「當時真是給妳添了不少麻煩……」

「不會不會，這點小事沒什麼啦。現在想想，在整趟旅行當中，小恰咪一直都像個有點脫線的妹妹呢。」

「我明明比較年長的說……」

：小恰咪本性全開笑死。

：超喜歡小草。

：期待到睡不著……妳是小學生嗎？

：顛倒姊妹情境超喜歡。

：我也想和小淡去旅行。

：我懂，總覺得光是待在一起就會很有趣。

「我、我也不是一直表現得那麼草包的好嗎！還請期待恰咪姊姊接下來的活躍表現！」

「好！那麼讓大家久等了！讓我們回顧今天的主題——在富士龍之島究竟發生了什麼事吧！」

「「喔喔喔！」」

在預定時間抵達目的地並入園後，我們隨即異口同聲地為園區腹地之廣大發出驚嘆。

先前也說過，我並非初來乍到這座遊樂園。不過看到如此廣大的腹地，內心果然會為之悸動呢。

不只是富士龍之島，各地的超人氣主題樂園也都是以廣大腹地打造出一座小世界，實在讓人佩服。

面對這個趣味橫生，宛如從現實中抽離出來的異世界，無論哪個年齡層的人都會心生雀躍吧。

住在東京的我雖然已經習慣了摩肩擦踵的人潮，然而一臉興奮地闊步在園中的人數之多，依舊嚇了我好大一跳。

「不愧是超人氣遊樂園呢。」

「我還在車站時就有這種感想了，想不到這世上居然有這麼多人呀。」

「下次我們一起去Comic Market（註：日本每年於冬夏舉辦的大型同人誌販售會，素以人山人海聞名）吧？妳多半會對人類的繁殖能力感到恐懼吧。」

「是這樣嗎？我對Comic Market所知不多呢。」

「妳可要仔細聽好嘍，Comic Market就是S〇X的一種型態。入場者都是精子，販售的商品則是卵子。多不勝數的勇者們為了共同目的奮力前行的模樣，縱使說是體現生命的真諦也不為過吧！」

「妳在大庭廣眾下說什麼鬼話啊！」

糟、糟糕了！看來周遭熱絡的氣氛沖淡了我的清秀濾鏡，得把持住才行。

「抱歉抱歉。那麼，一開始就找些風景優美的地方拍拍照吧？」

「好呀。呵呵，和女性朋友一起逛遊樂園——現在的我正無限趨近於陽派人士！」

儘管說了些讓我聽不懂的話，但小恰咪看起來似乎也很開心，真是太好啦。

喔，看到了疑似女高中生的六人組！這讓我回想起以前的自己呢。當時的我還是個不曉得社會有多黑暗的純真小女生……

「小淡雪，小心一點！那些女孩子的陽角指數比我們還高！要躲過她們潛行嘍！」

「小恰咪，妳在防備什麼啊？這裡雖然取了個和島有關的名字，但又不是要在這裡上演生死淘汰賽（註：典出日本小說及改編電影《大逃殺》，一整個班級的國中生被拐帶至孤島，在政府的命令下自相殘殺）呀？」

眼見小恰咪一如往常地進入嚇得半死的怕生模式，我便抓著她的手拍起紀念照。而在拍照結束後，我們終於聊起該搭乘哪項設施的話題。只不過……

「當然是富士島啦！」

「咦，第一站就搭這個？」

富士島——是富士龍之島引以為傲的巨大雲霄飛車。

儘管完工至今已有相當久的一段時間，但其水準之高和符合尖叫製造機之名的恐懼度，如今依然走在全球雲霄飛車業界最前線。

雖說富士龍之島確實是以尖叫設施出名的遊樂園，但居然第一站就挑這個來搭，難道小恰咪其實很喜歡這種尖叫類型的遊樂設施？

不過，既然都來到富士龍之島，我當然也沒有不搭的道理，所以就順著她的意吧。

總之做好覺悟搭上去的啦！

「嗚呀……」

雲霄飛車宛如在煽動內心的恐懼般緩緩爬坡，一想到即將到來的恐懼，我便不禁冷汗直流。

我對尖叫設施的耐受度和一般人差不多，內心的興奮感和恐懼感正以絕妙比例形成拉鋸戰。

風景雖然美得沒話說，但雲霄飛車實在爬得太高了，我根本沒有欣賞風景的閒情逸致啊……

……差不多要往下衝了吧。

「小淡雪。」

「嗯？」

就在即將進入重頭戲的前一刻，坐在我身旁一直沒說話的小恰咪開了口：

「救咪（救命）。」

發出顫抖嗓音的她……模樣看起來就像是察覺自己踩到地雷，只能伴隨著絕望動彈不得的士兵——

「「呀啊啊啊啊啊啊啊！」」

「「啊哈哈哈哈哈！」」

搭完富士島走下雲霄飛車的我們，一看到彼此憔悴的模樣，登時不約而同地大笑出聲。

「小恰咪，妳這不是很怕尖叫設施嗎！為什麼還要選這個？」

「我為數不多的朋友們總是說我是個怕生的陰角，所以我打算炫耀自己搭過這玩意兒，好讓她們跌破眼鏡。」

「我想妳就是因為老是幹這種事，才會被說是陰角啦……」

「哎呀，但實際搭乘後真的覺得很不妙……我的眼前稍微閃過了邊吐邊駕鶴西歸的未來光景呢。」

「我差點就要渡過三吐川了。如果在狂飆途中嘔出來，應該能形成很漂亮的拱橋呢。」

「別說得像是銀河一樣啦！真是的，妳整個人都嗨起來了，連第二人格都要冒出來啦！」

「「啊哈哈！」」

也許是因為搭上遊樂設施，我們的腦袋也徹底轉換成遊樂園模式。彼此都像是重拾童心般大聲喊叫，也意識到自己的情緒相當高昂。

好耶好耶。既然都來到遊樂園，要比的便是誰玩得更開心啦。就用這種感覺玩下去吧！

儘管如此……

「才剛開始而已，別連搭兩座尖叫設施比較好吧。」

「對啊，找個比較不激烈的當緩衝吧。」

「既然如此……咖啡杯怎麼樣？」

「好啊！那就趕快去排吧！」

「嗯——……」

「嗯？小恰咪，怎麼啦？」

正當我們排到了咖啡杯，要坐到座位上時，小恰咪發出了有些苦惱的聲音。

「莫非是富士島的餘悸猶存？是不是別搭比較好？」

「啊，我已經沒事了。只不過……說來丟臉，我在想是不是先去上個廁所會比較好。」

「啊〜原來如此……該怎麼辦？我覺得再排一次其實也無所謂喔。」

「放心，還不到那種地步，我現在完全忍得住。喏，要開始嘍！」

「喔，動了動了！」

咖啡杯以緩慢的步調轉了起來。

而理所當然地，周遭幾座咖啡杯很快便提升旋轉速度，彷彿會把人甩飛地在設施裡歡鬧了起來。沒錯沒錯，這就是搭乘咖啡杯的精髓所在啊！

對於搭完富士島的我們來說，這個悠閒的步調反而更加合適。就讓我們慵懶地進入閒聊時間吧。

「欸，小淡雪。」

「嗯，我大概猜到妳想說什麼了。」

就在我們討論著接下來要搭乘的遊樂設施時，搭乘咖啡杯的時間眼看就要結束了。

我們確實度過了一段優雅的時光，氛圍卻逐漸生變——我倆的視線驀地被以高速旋轉的咖啡杯吸引住了。

我就坦白說了吧，我超想提升轉速的！

不能怪我啊！所謂人性，便是看到別人做就會想跟風嘛！

「要不要在最後……稍微轉一下？」

「也是呢，就讓我們瘋一下吧。」

「既然有共識了——」

「「就全力轉下去啦啊啊啊！」」

我們默契十足地轉起了咖啡杯裡的桌子。

「喔好快好快！比火龍還快！」

「呀啊！呵呵，頭髮都被甩亂了呢。」

轉起來果然很過癮……嗯，過癮歸過癮……但這個……是不是轉得太快了點？

咦？在一旁觀看時雖然沒什麼感覺，不過實際體驗後，我不禁要問這個速度是不是快超出人體能承受的極限了？根據我的印象，咖啡杯這種玩意兒就算把轉速提升到極限，應該也只會以不慍不火的速度旋轉才對。

「啊。」

這時我才想到——這裡並非普通遊樂園，而是惡名昭彰的富士龍之島——沒錯，在主打尖叫設施的這座遊樂園裡，就連咖啡杯的旋轉速度都能讓人彷彿置身雲霄！

「嗚喔喔喔身體要被甩出去了啊啊啊？」

「這、這個速度不太妙呀！啊、啊、沒憋好的話就要漏出來了！」

「原來如此，這是要把檸檬茶倒進茶杯的節奏對吧。聽說咖啡杯在英語國家唸作茶杯，我就滿心感謝地享用了。」

「才不會讓妳享用呢！別在這種時候耍寶了！快把速度降下來！」

咖啡杯是會破壞三半規管的尖叫產生器——大家要好好記住喔！

而在遊玩時間結束後，我們走下咖啡杯，又盡情地繞遍富士龍之島的各項設施。

像是去逛恐怖類型的遊樂設施……

「啊！剛剛那是現充情侶的慘叫聲？他們肯定是陽角，不能和他們打照面呢。這是多麼恐怖的嚇人機關……」

「小恰咪，這種機關不在原本的設計之中喔。」

隨後，我們又再次挑戰尖叫類型的設施……

「讓、讓我休息一下！小淡雪……好像完全沒事呢。原來妳是搭不怕的類型啊？」

「沒啦，我應該只是耐受性比以前更強了一點。總覺得搭完尖叫設施的感覺和強零喝到爽的瞬間還挺相似的，所以感覺渾身舒暢！能讓我咪瓦一下嗎？」

「不可以。別從尖叫設施裡攝取強零成分啦。」

「日文真是博大精深。」

我們就這麼暢玩了一整天──

「離開遊樂園後，我們便前往事先預約好的附近旅館住了一晚，隔天則稍作觀光後踏上回程！」

「我真的玩得很開心呢。小淡雪，謝謝妳願意陪我。」

「不會不會，很久沒去的遊樂園也讓我玩得相當過癮。有機會再去別的地方玩吧。」

：貼貼。　¥3000

：恰咪大人會出門了，真了不起！

：下次不妨找小咻瓦一起上愛情賓館吧。

：要在愛情賓館舉辦姊妹聚會嗎？

：我三兩下就能想像出喝了強零後登場的小咻瓦襲擊小恰咪的光景。

〈山谷還〉：如果推倒了恰咪前輩，似乎就能讓她當我的副媽咪了。

：小還？

：真是稀客。

：別講出副媽咪這種超渾沌的詞彙啦。

：看到副媽咪我起初還朝十八禁的方向想像，但小還應該只是想找人撒嬌吧。

「我、我才不會那麼簡單就變成媽咪喔？妳要向我看齊，成為可以獨當一面的淑女！」

「順帶一提，住宿當下，我們去超商買了關東煮作為宵夜。小恰咪向店員點『蒟蒻絲（Shirasaki）和蛋（Tamago）』時，卻一時口誤說成『白子（Shirako）（註：白子為魚類的睪丸，多為高級食材）和洋蔥（Tamanegi）』，真的很有趣呢。」

「把、把那件事忘掉啦！」

：笑死。

：這也太可愛了。

：我大概看得懂白子是把蒟蒻絲和蛋混在一起變成的，但洋蔥的「gi」到底是哪來的www

：不管哪個都不會在超商關東煮的菜單上出現啦（笑）。

：最後的最後依舊發揮了小恰咪本色。

說到這裡，名為報告大會的這場直播就此關台。不過……

小還剛剛偷偷地在聊天室裡留了言，這可沒逃過我的法眼喔～？

雖說是來看我這個首次合作對象的直播，但從她試著向小恰咪搭話的表現，看得出她確實有所成長。心頭一暖的我感到無比溫馨。

……不不，這可不是母性喔？我可沒墮落成超媽咪喔？

像創直播

有個叫「像個創世神」——簡稱「像創」的遊戲。是風靡全球的超知名遊戲。在這個全自動產生的世界當中，玩家沒有任何必須完成的任務。既能按照自己的想法整頓地形，也可以用凝縮成正方形的各種方塊打造建築，是所謂的沙盒遊戲。

雖說光是這種遊戲內容便已經相當震撼了，但更為驚人的是，一旦架設伺服器，就能讓許多人來到相同世界一同遊玩。對於由直播主們構成交際圈的Live-ON來說，這是與管理方針相當合拍的遊戲形式。而就在上週，Live-ON官方捎來了開設伺服器的通知，如今已經有幾名直播主率先在裡頭遊玩了。

儘管曾看過遊玩畫面，但我還是頭一次實際遊玩。況且這甚至能實現與直播主們的同居生活，因此在收到通知的瞬間，我就期待得喜不自勝。

然而，公司並沒有好心到願意一步一腳印地指導我這個電腦白痴……在真白白的教導下，電腦今天總算正常運作了……

為了追回落後的進度，我要從今天開始用力玩啦！

「噗咻！咕嘟咕嘟咕嘟！啊，糟糕。」

：噗咻！

：¥155

：**等好久了！　¥1550**

：謝謝您的吞嚥聲。

：別講成那樣啦www

：哎呀因為都富含蛋白質，強零和精液也差不多吧。

：笑死。

：很遺憾！強零的蛋白質含量為零！這是現實（註：典出漫畫《賭博破戒錄》一条的台詞）！

：真假？不愧是名字裡有零的飲料。

：哇，真健康！這下非買不可了！

：是只宣揚優點的廣告節目嗎？

：哎呀因為都富含水分，強零和精液也差不多吧。

：你該不會把這世上絕大部分的液體都看成精液吧？

：居然活在比沙○之歌（註：遊戲「沙耶之歌」裡，男主角在大腦受創後，把現實的一切看成充滿黏液和血肉的世界）更可怕的地獄笑死。

：四周全是驚人的純白色，就連人類都被看成了精液，在我為這樣的世界感到絕望之際，唯一維持著強零外觀的只有小咻瓦。她是我活下去的希望。

：看起來不是人類而是強零嗎？（困惑）

：這次就為您開多一點強零吧。

：嗯？小咻瓦怎麼了？

：好像突然變成靜音了。

：難道是出狀況了？

：有點擔心。

「啊，真是不好意思！咻瓦我回來了！其實剛剛那是我今晚第二罐的強零，因為第一罐的影響導致尿意上湧……若是就這麼直跑廁所，難保不會被大家說成『在講話之前先讓大家聽排泄聲的女人』，所以我就調成靜音了，嘿嘿嘿。」

：嘿嘿嘿個什麼勁啊……與讓人害臊的內容反差也太大了。

：為什麼要自行增加有損名聲的外號啊？

：在講話之前先開喝也不是常人辦得到的事。

：洗過強零了嗎？（會追問有沒有洗過的人）

：這是用身體釀造小咻瓦口味的強零對吧？我懂。

：居然真的變成強零生產工廠了，我好吃驚。

：會是什麼味道啊？

：應該是強零味吧。

：還不曉得呢。

：強零口味的強零（小咻瓦口味）限量發售。

〈相馬有素〉：我買是也！

：小有素真的每次都會跟小咻瓦的台呢笑。

：她可是會把難得準備好的雙螢幕作為同步收聽小咻瓦直播的工具，或是接上一堆喇叭模擬環繞音效的孩子喔，這對她來說是理所當然的。

：會依據攝取的口味而改變成品樣式吧（認真魔人）。

：跟桃○獸王（註：電玩遊戲「魔物獵人」的頭目魔物，會依據吃下的菇類改變噴吐攻擊的屬性）沒兩樣嘛。

：就不能把話講得更婉轉點嗎……

「總之重新來過吧。今天呢，我終於也要加入『像個創世神』的行列了！讓大家久等啦！我花了些時間調整設定……這麼晚加入真是抱歉。」

：終於要登陸啦——

：姍姍來遲的超級巨星。

：Live世界即將掀起震盪。

：這傢伙肯定不會做什麼好事！

：都像是看到魔王降臨一樣的反應笑死。

「不過，現在距離伺服器最為熱鬧的時段尚有一些時間，所以我打算先回覆一些蜂蜜蛋糕再開始遊戲。請大家陪我一下嘍。」

@有想在像個創世神裡面做的東西嗎？@

「退一百步來說是強，妥協的話是零，勉強忍耐的話則是強零，如果貪心一點則是強〇-零吧。」

：到頭來講的都是同一個東西笑死

：不不，說不定其中存在著差異喔？搞不好是像美〇↓美拉〇瑪（註：電玩遊戲「勇者鬥惡龍」的火系咒文，前者為低階咒文，後者為高階咒文）的形式強化。

：你雖然說得一副理所當然的模樣，但酒是要怎麼強化啊？

：這就是考察班的職責了。有勞啦！

：你好，我是外表看似一柱擎天，腦袋裡裝滿雞雞的名偵探考察班。

：滾回去。

：笑死。

：**我會開始製作增加強零這項道具的MOD**（註：遊戲模組（Modification），現今泛指為遊戲增添額外功能的檔案套組）。

@我說……一起來強零吧……@

「喔？竟然對我下強零帖，膽子可真不小。把體內殘留的強零釋放完畢了嗎？向YONTORY祈禱過了嗎？做好在螢幕前歡欣顫抖地拉開拉環噗咻的心理準備了嗎？」

：別唸這種詭異的文章啦。

：寫下蜂蜜蛋糕的老兄大概也會被這種反應弄得一頭霧水。

：仔細一聽，這根本只是邀對方一起喝酒而已啊笑。

：真的耶……

：會好好祈禱的小咻瓦真了不起。

：主啊，感謝您賜予我今日的糧食。啊——美味。

：別講得像是阿門似的。

：**Sa〇en。　¥1919**

：別丟這種符合糟糕指數理論值的金額啦。

@除了強零外，小咻瓦對其他酒有什麼看法？

我平時只會喝紅酒和日本酒，所以想詢問專家意見。@

「我覺得除了強零以外的酒也都是好東西喔！但我只要喝其他的酒，腦子裡就會浮現強零的模樣，這也等於是我輸了呢。身體雖然背向強零，心靈卻仍凝視著它……戀愛就是這麼苦澀而羞惱的存在啊。」

：為什麼要把自己說得像個歷經情場的好女人啊？

：別這麼行雲流水地把強零和戀愛連結在一起啦www

：羞惱的是妳現在的模樣啦。

：是說原來是專家嗎……

@儘管來自強零之外，還請恕我冒昧（道歉）。

吧噗～吧噗吧噗

喔嘎啊啊啊啊啊！

喔嘎……強零……！@

「哦，會說的第一個單字居然是『強零』，這孩子前途無量啊。」

：光是能從強零之外來到這裡，這份心就值得讚嘆了！

：是說之外是什麼鬼……不對，我連強零之內是什麼都搞不懂……

：看這裡的直播時可不能被常識囚禁思考！

：唯一能和範〇勇次郎的初啼相提並論的震撼力。

：我才在想著要去看看父母，結果馬上就見到了，她出現在螢幕上了呢。

：看來你是喝飽含強零的母乳長大的啊。

〈山谷還〉：真是教人羨慕又嫉妒。

：小還在啊——！

：最近合作頻率增加了，真讓人安心（旁觀的父親口吻）。

：既然自稱父親，那豈不是已經和小咻瓦結婚了？

：**好咧——我是爸比喲——！　￥10000**

：**不不，這邊的爸比不管要什麼都買給妳！我不會讓出超爸比的寶座！　￥20000**

：請別把聊天室弄成像是爸爸活會場。

：這和我知道的爸爸活（註：指年輕女性透過與男性一起用餐等活動，藉此獲得金錢或物質利益）不一樣。

：居然被小咻瓦一副理所當然地當成小孩了笑死。

：妳連母乳都是Live-ON口味的吧？

@初次留言……安安……

像我這種才國三就在看小咻瓦的糟糕人，還有其他同類嗎——應該沒有吧，哈哈。

今天班上的對話。

像是那首流行歌好帥，或是好想要那件衣服之類的。

唉，終究是凡夫俗子呢。

反觀我卻在電子沙漠中看到了小咻瓦，並如此低喃。

It' a true wolrd 有喝爽了嗎？這是稱讚的意思喔。

喜歡的音樂：Live Start。

尊敬的人類：心音淡雪（NO未成年飲酒）。

說著說著就四點了喔（笑）。唉～這就是義務教育的難熬之處啊。@

：和原哏（註：出自日本網路討論區2ch的靈異板留言）**一樣拼錯了world笑死。**

：有夠懷念的哏。

：倒不如說這會在國三生圈子流行吧。

：和實際情形有點吻合笑死。

：在Live-ON喝到爽是稱讚之詞所以沒錯。

：是個守法的好孩子呢。

「下一則——……不，差不多是時候開始玩了。那麼我這就去登入我們的專用伺服器『Live

世界』的啦！我平時打算以『生活模式』來玩。」

這個遊戲存在兩種遊戲模式，分別是會出現敵對雜兵，有體力和飢餓度，物資也得憑藉自己張羅的「生活模式」，以及無視前者的各種限制，只需專注建築即可的「建築模式」。

就我看來，不知道會發生什麼事的感覺較為刺激，也更容易在開台時冒出新鮮事，當然選擇玩生活模式！建築模式就留待有策劃活動之際再來玩吧。

「喔，進去了進去了！」

在白天的太陽下，套上了我外觀的角色瀟灑地被扔進看似未曾開墾過的草原。

「你們看！就連『I♡STZERO』的T恤都重現嘍！也能變更成身穿清秀服飾的小淡模式！」

我在遊戲裡跑跑跳跳，但在一望無垠的大自然中，角色宛如滄海一粟。由於連個遮陽的人造物都沒有，光是在大自然之中前進，就讓我同時感受到興奮和孤獨。

畢竟這世界創建至今還沒幾天，其他直播主們應該仍處於就近找了個地方搭建臨時據點的階段吧。

真希望未來能和大家一起搭建村落或城鎮，甚至是更為繁華的建築群。

心音淡雪的第二人生，要在像創裡開始了！

「不曉得有沒有什麼新鮮事呢？」

我也沒什麼特別的目的，只是隨興地邁步向前。

我才剛來到這個世界，完全處於左右不分的狀態，打算先確認周遭有什麼東西，於是漫不經心地探索了起來。

宜居之處應該是有著適量樹木、地形起伏較小的地方吧。一旦找到喜歡的地點，就在那邊建立臨時據點吧。

「喔！」

在草原上前行的我向觀眾們提問不懂的部分，也不時嬉鬧幾句。沒多久，腳下的草地變成了沙地。說到沙地或許會先讓人聯想到沙漠，但這裡看起來更像是一處沙灘。

而沿著沙灘向前走了一會兒後，映入眼簾的是——

「素海咧——！（是海耶——！）」

遙望遠處仍看不見盡頭的水平線真是讓人興奮呢！

想不到離出生點沒多遠的地方就有海呢。現實中的我已經好幾年沒去過海邊了，因此雖然是遊戲裡（而且還簡化過）的海，依舊讓人湧現了新鮮感。

好啦，漫無目的的閒晃先到此為止，讓我集中精神探索吧。

「喔——看起來應該會有黏土一類的材料呢……嗯？」

我沿著海灘前行，隨即在視線彼端看到一座木造小屋般的建築物。

一旦在這個世界看到明顯的人造物，基本上可以視為是某個直播主打造的。

考慮到Live世界創立的時間還不長，想必很有可能是某人現在的住處吧。

「難道說……我要首次和某人相遇了嗎？」

我就這麼懷抱著雀躍期待的心情朝小屋跑去，身體卻在某一瞬間突然像是金牌體操選手的著地姿勢般僵住了。

而那個瞬間——就是我看到了從小屋裡瀟灑現身的玩家之際。

然而我的身體之所以會停止動作，理由並非是見到了心心念念的直播主而萌生感動那麼單純。

從小屋出來的女子雖然有著方塊人的外觀，但深紅色的長髮依然給人留下美麗的印象。而她這時正眺望著大海彼端。

她的身影宛若誕生於這世上的第一個人類。

問我為什麼會冒出如此壯闊的感想？這是因為她就像是不曉得遮掩這個概念，以坦蕩的態度展露著甫降生時的姿態。

沒錯，這個全身上下都是膚色的人，正光溜溜地站在海邊吹著風。

「變、變……」

好吧，我就不在這裡賣關子了，突然映入視野，讓我停止思考的這個人，正是「全裸的聖大人」——

「有變態啊啊啊啊啊！！」

：大草原。

：妳沒資格這麼說。

：啊——結果第一個遇到的怪物是聖大人啊。

：被當成怪物笑死。

：畢竟Live世界就像是被好幾個魔王割據山頭的國度嘛。

：是在演異〇羅的劇情嗎？

：全員皆最強，全員皆變態，全員皆搞笑藝人，全員皆魔王。擁有良知之人，一個也沒有。

：糟透了。

這是我在腦海中深深烙下「Live-ON牽到像創還是Live-ON」這句話的瞬間……

「嗚哇，往我這裡來了？」

注意到我的聖大人，大方地將她的裸體朝我逼近而來。

「啊？雖說是遊戲，但倘若讓聖大人的裸體出現在螢幕上，是不是也會被認定成敏感內容而遭到刪除啊？不能讓她出現在畫面上啊！」

就在我十萬火急地看向地面後，聖大人隨即透過像創裡的聊天功能發出訊息

（宇月聖）：**嗨！俺是聖大人！一想到有人在看全裸的自己就會抽搐不已喔！**

「是想被我連皮帶衣給扒個精光嗎妳這變態暴露女啊啊啊啊！」

現在還是要寶的時候嗎！我的直播都要陷入被刪除的危機了！才想說終於能遇上其他直播主，但這下豈不是和聊天室說的一樣——我根本是撞上敵人了嗎！只要映入畫面就會給予對方的頻道傷害……這種敵人未免作弊得太過頭了吧！

：因為害羞而低頭的小咻瓦可愛好棒！

：她不是感到害羞，而是感受到生命危機而低頭啊。這裡指的是收入的部分。

：不能出現在螢幕上的人。　￥2000

：是瘦長人（註：虛構的超自然生物，有綁架人類的習性。在某些版本的故事中，只要接近瘦長人便會得病）

：聖大人成了嚇死人的存在真的笑死。

嗎？

為了向聖大人抱怨，我運指如風地在聊天功能裡輸入訊息。

（心音淡雪）：您快點穿上衣服啦！我會被刪除頻道的！

（宇月聖）：放心吧，我之前在測試世界裡大搖大擺地用這副模樣直播超過十個小時，卻沒有收到任

何警告。而在進入Live世界後也平安無事。看來敏感內容終究還是沒把方塊人列入清單呢。

（心音淡雪）：啊，是這樣啊。那我姑且放心了。

（宇月聖）：畢竟我雖然是個變態，但同時也是個紳士嘛。才不會做出讓可愛的小貓咪們受傷的舉動呢。

（心音淡雪）：您嘴上雖然這樣說，但在全裸出現的當下就已經出局嘍。

原來如此，既然聖大人本人能順利直播，確實是不成問題。

但即使拋開這層顧慮，我依舊不是很想讓她映入我的畫面。然而對方終究還是前輩，我只得硬著頭皮將視野挪回原本的高度。

雖然她全身上下都是膚色，不過沒有畫上乳頭一類的敏感部位，所以勉強算她過關吧。對啦，只要當作她是穿了膚色緊身衣就好。嗯。

（宇月聖）：那就再次歡迎妳來到由我管理的天體營海灘！喏，淡雪也把衣服脫了，擺脫這名為世間的繩索吧！讓我們一起用全身感受大自然吧！

「不不，我就算想脫也沒得脫啊。為什麼這人會特地弄來全裸的角色外觀啊？」

（心音淡雪）：我沒有這樣的角色外觀。

（宇月聖）：什麼？聽好了，淡雪，在現在這個時代，天體營海灘可是會被高中選為校外教學地點的超人氣景點啊。淡雪，這是個全裸可以加分的時代啊！好啦，現在就把那些破布給扔了，讓我們踏上流行

的浪潮吧！放心吧，就算不仰賴那些裝飾，妳依然美麗，倒不如說遮掩妳的肉體更形同對美的褻瀆啊！

〈心音淡雪〉：才沒那回事！您講的是色情漫畫的世界吧？

這人到底有什麼臉和我談論常識啊……

還有，真希望她別用那副模樣在我身旁蹦蹦跳跳，一副像是在進行邪教儀式的模樣。我雖然很喜歡女人的身體，不知為何身體卻對這幅光景產生了排斥反應。

不行啊，這個人完全用自己的方式享受起像創了。這固然是玩這款遊戲的正確心態，但也因此難以應付。嗚……早知道就再多喝點強零了……可惡！

就在我想到這裡，正打算想個辦法轟走這個魔王之際，另一名直播主突然在聊天功能裡出現了。

〈朝霧晴〉：哎呀哎呀，兩位怎麼打鬧起來了呢？我在意得不得了，所以從海上過來啦。

晴前輩來啦──！

對啦，我就來向晴前輩打些聖大人的小報告吧！晴前輩一定會為我主持公道的！

一思及此，我就不禁為能在像創世界裡遇上憧憬的前輩一事感到開心，並懷著滿滿期待將視野移向海面。

晴前輩確實就站在海上。但一如目擊到全裸的聖大人，我又再次失去說話的能力。

呃，晴前輩並非全裸狀態。她雖然有好好穿上衣服啦，只不過……

那身服飾宛如只用黑色布條纏住上半身和腿部，導致各處都看得見肌膚的顏色，顯得頗為暴露。應該說，我對這套衣服有印象。

就算已於二十多年前問世，現今的時代依舊追趕不上這套服裝的品味。不會錯的——這套衣服是——

（朝霧晴）：YO！SAY（註：典出西川貴教的歌曲「HOT LIMIT」）！

「這不是西〇大哥嗎啊啊啊！？」

（朝霧晴）：哈！哈！哈！怎麼啦咻瓦卿？依我看，妳是在這寒冷刺骨的季節中看到了藏在文疊的寂寞之翼底下的誘人美腿，又被消臭能力十足的橘色系調整者的這副身姿感動得動彈不得對吧？

（宇月聖）：唔嗯，真不愧是晴前輩。這身衣著的品味說不定能我並駕齊驅呢。

（朝霧晴）：好耶！被聖聖誇獎了！

「不不您帶太多哏了！哏多到已經搞不懂您要說什麼了！」

有夠危險，我沒想到會連續遇上兩起意外狀況，大腦超載的結果就是身子僵住了。

「真是的，這些人也太過自由放縱了吧……」

眼下完全就是接受了Live-ON洗禮的瞬間。雖然理應只過了短短的幾分鐘，強烈的衝擊卻迴盪在腦海中久久不散。

冷靜點，淡雪，對面可是熬過了Live-ON創始期的兩位前輩啊。妳得用更多強零潤滑大腦，

更加咻瓦咻瓦才行！

：光是亮相就很有趣的傢伙們開始大遊行啦……

：全裸女子高談闊論著穿搭時尚笑。

：小咻瓦變得像是鼻〇真拳裡的〇美那樣大吼著吐槽……這就是化外之地……！

：那部漫畫讓我受益匪淺。

：我最近都覺得小咻瓦的腦袋算是正常的那邊了（精神錯亂）。

：無論是小咻瓦能變正經還是Live-ON能維持運作還是人類能存活於世還是宇宙能夠誕生，都要歸功於朝霧小姐的存在不是嗎！

：整個世界都是託了朝霧小姐的福。　¥20000

：都帶了S〇ED哏，會自由一點也是正常的。哈！哈！哈！

：煩死人了www

（朝霧晴）：咻瓦卿！歡迎來到Live世界！

（宇月聖）：我的情趣娃娃啊，我等妳很久了。

（心音淡雪）：抱歉這麼晚才加入……我晚點再來鞭打聖大人。

（宇月聖）：為什麼！對我來說，這就像是相隔四個月才見面的遠距離戀愛情侶，會想來個甜美的擁抱是很正常的吧？

（朝霧晴）：對晴晴來說要做什麼都ＯＫ喔！

（宇月聖）：咦～？

呵呵，雖然起初嚇了一跳，但感受到大家都在這世界生龍活虎後，我也變得安心不少。

（朝霧晴）：啊，我等下還得去園長那邊領牛奶，先走一步啦。

（心音淡雪）：收到！

（宇月聖）：路上小心啊。

總覺得我好像還是頭一次在開台之際和晴前輩靠得這麼近……

……咦？與其說靠得很近，不如說……

：我剛剛才想到，小咻瓦這應該是頭一次和晴前輩合作吧？

：真假？

：仔細想想好像是這麼回事。

：小咻瓦通過收益化時，她們是有在歌唱影片中互動過啦，但那個應該很難稱為合作。

：這是初代主角和第二代主角的初次會面啊！

：糟糕，總覺得有股莫名的感動。

「真的假的？」

咦，這可以當作我和晴前輩的初次合作嗎？可以吧？也就是這麼一回事對吧？

糟糕，我很久沒表現得這麼慌亂了，心臟跳得好厲害啊……

我目送著晴前輩匆忙離去的背影，在聊天功能裡留言。

（心音淡雪）：晴前輩！謝謝您和我首次合作！

（朝霧晴）：喔？真的呢！……不過，如果把這個當成和我的初體驗，是不是稍嫌不夠滿足呢？日後要不要做些……更厲害的事？

（心音淡雪）：更厲害……的事……？

（朝霧晴）：呵、呵、呵！妳就好好期待吧！

留下耐人尋味的話語後，晴前輩就這麼揚長而去——

「和晴前輩合作……合作啊……」

我正在聖大人的據點附近砍伐樹木採集資源，嘴裡叨唸著不曉得已經重複第幾次的話題。

儘管有點緊張，但占得更多的還是期待的心情。我雖然不是小恰咪，但說不定也會睡不著覺呢。

（宇月聖）：淡雪，很快就要晚上了，妳身上有床嗎？

「咦，已經這麼晚了？」

我似乎埋首於採集作業中，連時間的流逝都沒注意到。

真糟糕，這遊戲一旦到了晚上，就會開始冒出會主動襲擊玩家的各種敵人。對現在的我來說，要應付那些怪物還是相當吃力。

由於現在是多人模式，一旦大家都有做床，只要所有人都上床睡覺，就能一覺到天明。不過……

我手邊並沒有取得床鋪的材料之一——羊毛的方法，就算想做也沒辦法……記得暫時登出的話好像也有效的樣子？

〔宇月聖〕：妳如果沒床，我家剛好擺了張雙人床，要不要一起睡一晚？

〔心音淡雪〕：感謝之至。

就先不去問為什麼要擺雙人床吧。我受邀進屋，躺上了聖大人的床。

這時，聖大人不知為何跳到了我就寢的床鋪上，還短促地做著某種動作。

嗯？她到底在做什麼啊？第一人稱視角看不太清楚，改成第三人稱吧。

但我馬上就後悔了——映在畫面上的是連打蹲下鍵，對著我擺動腰部的聖大人。

〔宇月聖〕：啊～啊～啊～我最喜歡強零老婆了！拉環實在是太過緊緻，人家的祕密道具要從四次元口袋洩出來了呀呀呀呀！

「喂，妳搞什麼鬼啊！」

我的第一次（攻擊友方的）體驗就這麼獻給了聖大人。

「好咧～今天就繼續出發吧！」

到了遊戲內的隔天，由於我已經集齊建立臨時據點的材料，便再次動身尋找起優秀的建設地點。

儘管原本對床鋪材料毫無頭緒，但聖大人也以機會難得為由，直接送了我一張完好的床鋪。

「喏，要是晚上沒辦法睡覺，會給大家添麻煩的對吧？妳就把這張床想成聖大人，多加利用吧。」——她是這麼說的。雖然每次都會多嘴一句，但她果然是個很會照顧別人的大好人呢。下次如果拿到什麼好東西，就分給她一些吧。

「喔？」

我今天主要是在森林中探險，但走到哪裡都是一整片樹林。就在我為一成不變的景色感到厭倦之際，視野驀地開闊了起來。看來我離開了森林地帶。

走出森林後抵達的並非特殊的生態域，只是一片平凡無奇的草原。但在平坦的地形之中，我看到了一座獨自矗立的低矮丘陵。

我像是受到吸引似的爬到丘陵頂部。嗯，這裡不僅容易辨識，視野也相當良好，況且周遭還有野生動物，感覺住起來相當舒適呢！

「決定了！我要在這裡打造臨時據點！」

我快馬加鞭地堆疊木材，好不容易打造出一個勉強能供兩人入住的小房子。

由於是以住宿功能為第一優先，外觀看起來就像是塊豆腐，不過畢竟只是臨時據點，倒也不用太大費周章吧。光是想像今後的建設改造，便讓我的內心興奮不已。

「嗯～感覺算是告一段落了，今天就先玩到這裡吧。今後當然還會有後續，我打算定期遊玩這款遊戲，大家都要記得來看喔！」

好啦，我的「從強零開始的像創生活」要正式開跑啦！

第四章

淡雪真白借宿合作

儘管太陽正從澄澈藍天灑下刺眼的陽光，我卻維持著窩在棉被裡的姿態，拿起來電鈴聲大作的智慧型手機。

「呀呵呀呵——真白白來找妳嘍——」

「啊，喂喂，我是淡雪！」

這天中午過後，我一如往常地和真白白通了電話。除了閒聊之外，今天的重點主要在於討論下一次合作的內容。

「哎呀——咱剛剛去吃了拉麵，現在已經飽到站不起來了呢。小淡中午吃了什麼？」

「我剛起床。」

「喂。」

「別這樣嘛，我昨天可是直播像創到很晚，睡晚一點也沒關係吧……」

「熬夜久了是會傷身的，要多注意一點呀。還有，妳趕快去吃點東西吧。」

「咦～可是我又不餓～」

「聽～話～」

「好——」

由於以VTuber的身分出道後，我們就一直是經常合作的對象，像這樣討論的次數已經多到我數不清了。如今的我們再無生硬的互動，總是能輕鬆地侃侃而談。

總覺得真白白的說話聲相當沉著。我們最近通話的時候，時常一不小心就聊過頭了。由於淡雪的說話方式總是彬彬有禮，我基本上在聊天時也會遵循這樣的設定，但偶爾還是會不小心變回平時說話的語氣。

總之，再怎麼說都得先把優先要敲定的事項處理完，於是我嚼著原本要拿來當早餐的麵包，開始進入正題。

雖然已經說好要合作開台，但我們目前尚未決定好內容。

「這次合作要做什麼樣的內容呢？真白白有什麼想做的事嗎？」

「嗯～……啊，其實咱有收到公司那邊的訊息，說是差不多該幫小淡製作新的衣服了。」

「咦？真的嗎？」

「嗯，咱其實也一直想幫妳畫新衣，妳就好好期待吧。不過，咱目前連新衣的款式都還沒想好就是了。」

「太棒啦——！」

對VTuber而言，獲得新衣這檔事就和假面騎士增加型態的功效是差不多的，意即戰鬥力會有超大幅度的提升。

「啊——可是這沒辦法當成合作的內容耶，只能稍稍帶過，真是抱歉呢。」

「不會不會，光是真白白帶來了這個訊息，就能讓我從今天起常保開心的心情呢。」

……嗯？等等？我說不定冒出了一個不錯的點子。這是基於我的插畫家媽咪是真白白才有辦法成立的企畫——

「欸欸，真白白，要不要拿新衣的靈感作為合作開台的內容？」

「喔？哦——哦——原來如此……」

「喏，我覺得依據觀眾們的反應來決定衣著風格或增添飾品，應該會挺有趣的。」

「嗯嗯，確實是挺新奇的企畫呢。」

「啊，如果真白白不想在設計階段被人觀看，要撤回也沒關係喔。」

「嗯——應該沒關係吧？感覺很有趣，況且多方挑戰也很重要。雖然不曉得會不會在直播時直接採用觀眾的意見定案，但應該會讓觀眾們很開心吧。」

「喔，那就照這個提案進行嘍？」

「好啊。不過咱可以提出一個條件嗎？」

「條件？」

「嗯。難得有這個機會，咱想和小淡來場線下合作呢。小淡是一個人住吧？咱可以去妳家借宿嗎？」

「是線、線宿合作嗎？」

「妳把兩個詞混在一起造出新詞了啦——」

說起來，淡雪真白這個組合除了在錄製「Live Start」的活動外，迄今未曾在線下碰面過。

雖然主因是住在老家的真白白離我的住處太遠，但我萬萬沒想到這個瞬間會在本日降臨……

啊，糟糕。我原本在通話時已經放鬆全身筋骨，現在卻又緊張了起來。

「咱會帶插畫用的器材過去，妳方便嗎？」

「當、當然沒問題啦！不過，真白白居然會主動提出線下合作的提議，讓我稍微有點意外呢。」

「啊——這個嘛——小淡最近不是和很多人線下合作過嗎？咱只是對那些合作過的對象感到有些羨慕啦。」

這傢伙是怎麼回事，也太可愛了吧？

真白白儘管平時一派酷酷作風，偶爾卻也會向我用力撒嬌。妳不必來借宿了，直接當我的室友吧。

「咱想趁著這個機會，向大家宣示『小淡是咱的東西喔』——」

「嗚！」

「開玩笑的——」

糟糕，以咱自稱的酷酷小惡魔女孩的破壞力是哈米吉多頓（註：出自聖經的善惡大決戰之地）級的，我的腦袋險些就要爆發末日之戰了。

真白白真的很懂得善用自己的反差特質呢。這種霧裡看花的魅力實在讓人欲罷不能。好想砸錢孝敬她。下次投超留給她吧。

決定好主題後，接下來便是敲定合作開台的日期和攜帶物品等細節。

「小淡當天要喝酒嗎？」

「呃——那天剛好是我的養肝日，所以就不喝了。」

「OK——」

除了這個理由之外——雖然我覺得不會真的出事，但我要是因為喝醉而對現實中的真白白做些要不得的事，那就真的是覆水難收了。

在那之後，我們又聊起其他直播主一類的瑣事，接著才掛斷電話。

「好，那就麻煩妳配合這次的安排啦。再見嘍——」

「好——！」

好啦，為了招待真白白，我得趁早好好準備一番。

「看來要先做個大掃除才行啊。」

我雖然不覺得自己住的房子很髒，卻仍有些生活痕跡過於明顯的部分，得把那些地方打理成可以見人的狀態才行。

總之先從打開吸塵器開始吧。

「差不多就這樣吧。」

我獨居在木造公寓，因此住處本身不大，大掃除也在遠低於預計的時間內結束了。

接下來還需要什麼？呃……

啊，去採購些飲料和點心吧。先來確認一下冰箱的狀況。

就在這麼想著的我走向廚房之際，一個物體映入了視野當中，讓我像是時間遭到停止似的僵住了好幾秒鐘。

「這……是我的生活裡常見的光景沒錯，但還是處理一下比較好吧……」

一如動畫裡青春期男生會將色情書刊藏起來那般，我也著手藏起了那個東西。

「喔，來了來了！」

做好各式各樣的準備後，我抱持「能不能提早來呢～」的思緒忐忑了一陣子，門鈴很快就響了。我踩著急促的步伐來到玄關開門，便見僅在錄製Live Start時碰過一次面的真白白本尊捧著看似沉重的行李站在門口。

「午安，妳心愛的真白白來嘍～」

「歡迎！請進請進！」

「哎呀，咱依舊很不適應大都會呢。這裡像是凝縮了萬事萬物，對咱這個鄉下人來說有些吃不消啊。」

自從搬進這間公寓後，這還是我第一次招待可以稱作朋友的人來住處玩，總覺得有點緊張呀。

「路途辛苦啦。飲料有柳橙汁、可樂、咖啡和茶等，妳想喝什麼？」

「強零呢──？」

「……這確實也有供貨。」

「哈哈哈！咱開玩笑的。那就來杯柳橙汁吧。咱也帶了蛋糕作為伴手禮，一起吃吧。」

「真的嗎！太棒啦！」

就在我倆開始享用蛋糕之際，果然依舊很在意真白白的我，將視線挪了過去。

嗚哇……她的皮膚好白好漂亮，真教人吃驚啊。與我在錄製Live Start時留下的第一印象相同，她看起來就像個嬌弱的妖精呢。

就在我邊想邊觀察她時，發現真白白正四下打量著房間的裝潢。

「想看看我家的擺設嗎？」

「啊，抱歉抱歉。咱只是覺得妳住的地方挺普通的。」

「妳原本想像中的住處是有多不普通啊……」

「不好說唷——♪呵呵，不過看到貼著隔音材料，就覺得妳確實是個直播主呢。」

「啊，真白白也有貼嗎？」

「當然。因為住在老家，咱會格外留意不要吵到家人呀。」

我盡可能地將房間牆壁貼滿隔音材料。

儘管看起來可能有些煞風景，不過既然與許多人比鄰而居，身為直播主就該留意這方面的禮節。

「既然如此，咱就算撲倒小淡也不會被發現呢。」

「咦？」

「咱說笑的——」

「真、真是的！」

「呵呵呵。」

嗚！這不是害我心動了一下嗎？得找個機會回擊才行呢。

「話說回來，這個蛋糕很好吃呢，是在哪裡買的？」

「呃，是哪家的蛋糕來著……咱記性不太好，讓咱查一下。」

就在真白白說著說著，掏出手機按下電源鍵時，我看到了那一幕。

她的手機秀出了主畫面的桌布。而真白白設定的桌布是——我和真白白的化身露出笑容，自拍似的面對鏡頭比著V字手勢的插畫。

而由畫風來看，那顯然是出自真白白之手。我可是從她手中獲得了化身的身體，絕對不會看走眼的。

不、不僅如此。就我所知，這張插畫並未被公開在任何地方，我也是頭一次看到。換句話說，這就表示……

「嗯？小淡，妳怎麼啦？」

「沒有啦，那張桌布……」

「啊，這個嘛？這是咱自己畫的桌布，畫得挺好的吧？」

糟糕，這下糟糕了，我甚至能感受到自己的臉頰正在發燙。

而看到我的反應後，真白白就像隻喜歡惡作劇的貓兒，露出壞壞笑容坐到我的身旁。

這、這是怎樣？

「小淡——♪」

「怎、怎麼了？」

「來，笑一個！」

「呃、咦？」

「好啦，快點！」

「好、好的。」

「來，對著鏡頭笑一個——」

真白白舉起智慧型手機，我則遵照指示擺出姿勢，看到她按下快門鍵。

呃——這樣做的意思是……

「拿到了真人版呢。要不要作為鎖定畫面的桌布呢——」

「唔嗚嗚！？！？」

我不禁向後一仰，掩住自己的臉龐。

啊，我後來當然也要來了這兩張桌布的檔案。這是我的寶物。

互動了一陣子後，存在於我腦海裡的VTuber版真白白逐漸與本尊合為一體，讓我逐漸變得沒那麼緊張。

為了招待真白白吃晚餐，我正在廚房切著食材。

「讓妳做飯會不會太麻煩妳了？咱可以在附近隨便買吃的啦。」

「沒事，我做的都是些家常菜啦——還有，妳別一直在我的後面盯著瞧啦，去客廳那邊休息一下吧。」

「哎呀，咱不會做菜，所以有點在意呢。不會干擾妳的，就讓咱觀摩好嗎？小淡做菜的模樣讓咱很感興趣呢。」

「要看是無所謂啦，反正我也不會亂加奇怪的材料……」

「不放強零嗎？」

「我今天煮的是普通的馬鈴薯燉肉，所以不加！」

「砂糖、鹽巴、胡椒、味醂、醬油、強零。」

「別說得像是調味料一樣！」

雖然平時做菜總會讓我感到心浮氣躁，今天卻不知為何全程維持著開心的心情。

「感謝招待。哎呀，小淡煮得真好吃，老實說咱還挺意外的呢。」

「粗茶淡飯不成敬意。我比較重視味道，做不出什麼大菜就是了。不過我會做菜這件事，為什麼會讓妳這麼驚訝啊？」

「哎呀哎呀，這道佳餚似乎撬開了咱的嘴巴，害咱不小心說溜嘴了。就讓咱洗碗作為賠罪吧。」

在吃完晚餐的悠閒時光當中，一看到我半開玩笑地噘起了嘴，真白白便將我猛誇了一番，還提議要幫我洗碗。

「不用不用，我自己來就行了。說起來我也沒生氣呀。」

「沒關係啦，咱原本就打算幫妳洗了。既然妳都願意讓咱借宿一晚，咱也得做些事情回報才行。」

真白白沒理會我的制止，開始洗起吃完的餐具。

雖然很擔心熱水和洗碗精會傷害她美麗的肌膚，但她既然有那個心，我也不好意思阻止她。況且兩人份的餐具並不多，她很快就洗完了。

嗯——不過啊……

「妳怎麼露出一副欲言又止的神情呀？啊，難道說妳比較希望咱用身體支付？」

「啥？」

「這是借宿時會上演的固定套路之一嘛。呵呵，小淡真色♪」

「咦、啊、呃？」

「呵呵，妳慌張的模樣真可愛。」

糟糕，真白白本尊從剛剛開始就連續展露出了連Rais〇r Sword（註：動畫「機動戰士鋼彈00」第二季主角機的武裝，為射程極長的超大型光束劍）都相形見絀的驚人破壞力，害我整張臉都進入Tran〇-AM（註：動畫「機動戰士鋼彈00」中擁有太陽爐之機體的特殊能力，能在短時間內提升出力和速度，發動時機體會變得通紅）狀態啦。

再這樣下去，《同期媽咪企圖蒸發我的理性》恐怕就要好評上市了！

但我應該已經用上自己的人生撰寫了《關於我轉生成強零這檔事》才對。我可不能忘記這件事，得用鋼鐵般的理性避免腦袋變得咻瓦化！

「別、別一直調侃我啦！真是的，我去打掃浴室了！」

「呵呵，慢走——」

我逃跑似的走向了浴室。

「嗯——好難刷掉……原來之前都沒把這一塊刷乾淨啊。」

浴室裡的我正在和頑垢奮戰，同時不禁喃喃自語。

一想到有別人要使用這間浴室，那些平時不好刷或是不容易看見的汙垢，突然就會變得無比礙眼。

不只是人，就連無機物也是被人看了才會變漂亮呢。

「小淡——！咱洗好盤子了，要收在哪裡？」

我似乎花了比預期還多的時間在刷浴室，真白白的說話聲在此時從廚房傳了過來。

「呃，盤子收在上方櫥櫃的右手邊！」

「好好，右手邊……是這裡嗎？」

我邊打掃浴缸邊回答，隨即察覺光用講的不夠清楚。為了正確指示真白白，我暫時放下打掃的工作，走向廚房。

啊，說起來真白白有看著我煮飯，應該知道要放哪裡吧？

不對，我在煮飯前就把盤子拿到餐桌上了，所以她應該不曉得吧。

……奇怪？我為什麼要特地提前從櫥櫃裡把盤子拿出來？

…………

「慘啦！」

雖然是自己家，但我還是踩著慌慌張張的步伐衝向廚房。

我記得『那個』就藏在櫥櫃裡啊！

「啊……」

「小、小淡……呃……這個還挺驚人的呢……」

看來是為時已晚。

真白的視線正盯著我事前藏匿起來的某個東西。

而讓她挪不開視線的──是一個垃圾袋。

那並非普通的垃圾袋，由於洋溢著過於強烈的悲壯感，稱它為墳場或許更為貼切。

要命名的話，我大概會取名為「強零墳場」吧。裝在垃圾袋裡頭的，是被我喝光的無數強零空罐聚合體。

「哎呀……該怎麼說，黑暗風格的奇幻作品裡不是經常出現那種由無數人類聚合而成的怪物嗎？咱看到這個的感覺，就和看到那種怪物的心情一模一樣喔。」

「妳誤會了，我原本打算等塞滿垃圾袋之後就拿去丟，只是今天剛好不是回收鋁罐的日子罷了。這絕對不是我在短時間內喝了這麼多強零的證據。所以那個……妳誤會了。」

「嗯，是喔是喔，ＯＫ、ＯＫ──咱完全理解了，所以妳冷靜一點。」

「嗚嘎啊啊啊啊啊！」

羞恥加上絕望──難以整頓的情緒風暴使我發出怪聲，抱頭叫苦。

想不到居然會被她看見——如果有人出了個「請用垃圾來表現酒鬼」的題目，這玩意兒肯定可以拿一百分滿分啊啊啊！

「放心啦，人類的價值不是由垃圾袋這種東西來決定的。只要是為了小淡，咱願意放寬心胸接受這樣的事實。」

「真白白，妳現在看起來就像是為了同伴而走上歪路的悲劇女主角耶……」

「不，咱沒有那個意思就是了……」

前幾天留下的伏筆被漂亮地揭發的事實，讓我花了一個多小時才總算平復過來……

而在收拾過晚餐殘局後，我們也架好器材，迎來期待已久的開台時間。而才一開台，真白白就以一副理所當然的口吻將剛剛的過程公之於眾。

「——以上就是咱襲擊小淡住處的戰況回報！」

「終於結束了……這就是所謂的公審對吧，我聽到一半時都想把耳朵塞起來了。」

嗯，況且她還說得鉅細靡遺，連強零墳場都交代得一清二楚！

：貼貼。

：糟糕，真的有夠貼貼。　￥10000

：這……消受不起啊……哎呀～（淨化）

：S〇X換宿真的超喜歡，出自真白白之口更讓人心癢難耐。

：料理五寶「砂糖、鹽巴、強零、醬油、味噌」。

：還以為是什麼可怕的玩意兒，聽到是強零空罐就讓我會心一笑了。

：→這位仁兄已經是久而不聞其臭的狀態了。

：這種說法太糟糕了吧www

：強零空罐的集合體……這不是槍之惡魔（註：漫畫「鏈鋸人」的惡魔），而是強零惡魔啊

：感覺具備向周遭一千公尺內的女性和胸圍超過一千五百公尺的十八歲以上成人性騷擾的能力。

：胸圍一千五百公尺笑死，對象也太莫名其妙了。

：強零「……丟……丟了我……」

：咿！

：是說這位看起來會被真白白吃乾抹淨的清秀直播主是誰？是新人嗎？

：不是新人喔，她只是放了長假又復出罷了。

：而且也沒放長假，幾乎天天都在開台啊。

：**我聽說清秀小淡要被真白白操得乒乒乓乓了。　¥50000**

：是說早期合作時多半是真白白在帶節奏呢，有種懷念的感覺。

：無論是現在或過去都超喜歡。

：這是老粉絲的楷模。

〈相馬有素〉：主力推崇的偶像看似很幸福讓我好開心是也！雖然想投超留但額度已經用完了是也！

：小有素（哭）。

話說回來，同時觀看人數實在多到誇張，聊天室的留言速度也飆得飛快，光是用眼睛掃視就有夠折騰。

首次線下合作便是借宿開台。與其說是合作開台，不如說已經是個活動了。為了讓特地前來觀看的觀眾們開心，我也得加把勁努力才行！

「那麼，開場白就說到這裡。咱剛剛也稍微解釋過了，今天是想請大家一同為小淡新衣服的構想提供靈感呢。」

「我會打從內心期待各位的時尚品味的！」

「要是看到不錯的點子，咱就會畫個簡單的草圖，也歡迎大家提供感想喔！」

「那麼我們也來動腦思考吧！真白白是不是已經有理想的構圖了呢？」

「嗯——說起來，咱還在猶豫這款新衣究竟是要畫給小淡還是小咻瓦呢。」

「啊——……」

這麼說來，我其實是個自相矛盾的生命體耶。由於搞笑模式和清秀模式之間反差過大，沒辦法整合出一個共存的風格。

現在咻瓦和小淡的服飾也是呈現各用各的狀態。應該說，在錄製Live Start的當下，她們已經被認定為不同人了呢……

嗯——可是啊～……

「既然難得讓真白白出手，我就想要一套能頻繁拿出來穿的新衣呢……」

「哦，是想讓小咻瓦和小淡都能穿的意思？」

「對呀，但這很不容易呢……」

「嗯——雖然有點難辦……但這提議不錯，就讓我們想想看吧。說不定能閃過不錯的靈感喔。」

「真的嗎？太棒啦！」

「如果各位觀眾也願意朝著這個方向思考，咱們會很開心的。」

：瞭解！

：這等於是讓真白白畫我提出的委託啊，快讓我付錢。

：確實是千載難逢的好機會呢。

：選我選我選我！我的點子是強零布偶裝！非它莫屬了！

：啊～看來正確答案已經呼之欲出了。

：笑死。

「不不，這一點也不正確啊！各位有把剛才的說明聽進去嗎？」

「好啦小淡，妳先冷靜一下。咱們都不是完美的存在，所以只要不去嘗試，就完全不曉得會帶來什麼樣的結果。不如讓咱先試著畫看看，晚點再來決定是好是壞吧。」

「是說，因為真白白就在我身旁，我能清楚地讀出她眼裡的訊息喔。她現在正在想著：『啊，這好像很好玩。』呢。」

「說不定會激發化學反應，最後變成可愛的慵懶系角色喔！」

真白白的雙眼閃閃發光，以驚人的速度操作著繪圖板。

而最後畫出來的成果，是脖子以下都被收進巨大的強零鋁罐，只在拉環部分露出頭部的淡雪。

「呼，大功告成。」

「不不，妳為什麼一副心滿意足的樣子？哎，如果這是給咻瓦穿的，倒還算是ＯＫ啦……不對，其實一點也不ＯＫ吧？總覺得把這玩意兒穿上去的話，便會失去身為人類最重要的東西。不過……嗯，如果妥協再妥協，確實還算是不錯的設計。只是請各位想像一下，倘若哪天淡雪打算以清秀形象開台，卻不慎穿上了這套服飾並說著：『今晚也是飄著美麗淡雪——』豈不是會釀成慘劇嗎？真白白應該也會為有個全身上下有八成五都是由鋁質所組成的同期感到害怕吧？這已經不是直播主，而是SCP（註：分別指「控制（Secure）」、「收容（Contain）」、「保護（Protect）」三詞，並對應虛構組織「SCP基金會」，該基金會收容各種不應存在於社會之中的異常物件）物件了吧！」

「但既然是Live-ON，有這樣的存在也沒什麼關係吧？還有，妳也犯過忘記關台這種類似的錯誤，沒什麼資格講這種話吧？」

「的確如此。」

：**讓人啞然失笑。**

：**居然被說服了（笑）。**

：**小淡，妳已經被改造了。妳脖子以下的部位被替換成強零，現在的妳是個強零人**（註：出自古早短篇動畫「チャージマン研」第35話的對白）**！**

：**別幹這種沒意義的改造啦。**

：**連修〇軍團**（註：特攝影集「假面騎士」的反派組織）**都為之愕然的改造手法。**

：**這就是所謂的藝術吧。**

：**強零人是什麼鬼啊……**

：SCP0000　小咻瓦　收容等級：Safe

：應該是Out才對吧。

「那麼，小淡，妳覺得這樣的服飾是好還是壞呢？」

「超級不正確喔！」

隨著我奮力吐槽，第一個點子也宣告終結，聊天室隨即變得像是潰堤的水壩，冒出了一個又一個新點子。

：只有模仿聖大人全裸這個選擇！

：反穿兔女郎裝！

：假〇騎士V3！

：兼具健康和性感……熱褲如何？

：既然清秀＝清爽＝碳酸＝強零的說法可以成立，印有檸檬和氣泡圖案的連身裙想必相當合適。

：右半身是小咻瓦，左半身是小淡，藉由側身來改變發話者身分的阿修羅男爵（註：動畫「無敵鐵金剛」的反派角色，特色是身體左右兩側分別為男性和女性）形式。

哎呀，聊天室還真是變得渾沌無比呢……從正經的點子到明顯在玩大喜利的搞笑點子交雜在一起，光是這樣的光景，似乎就能拍成名為「觀眾們絞盡腦汁的新衣靈感集」的影片了。

「我已經來不及吐槽了……硬要挑一個來說的話，全裸已經不能算是衣服了吧？原來我穿的是國王的新衣嗎……」

「放寬心放寬心。不過性感路線聽起來也滿有趣的吧？」

「確實值得一試，畢竟和咻瓦的風格很搭。但清秀的淡雪有辦法和性感共存嗎？」

「所謂魅力就是源於反差。正因為淡雪平時穿著清秀的服飾，一旦將肌膚裸露而出，就能散發更為淫靡的魅力。咱覺得熱褲也是個非常值得挑戰的點子呢。」

「原來如此！」

由於被這一席話說服，我便滿懷期待地凝視著真白白繪製的畫面。

她運筆如風，很快就畫出一張洋溢著自信和技術的插畫草圖。

嗯，她確實遵照了主題。自熱褲底下伸出的雙腿相當有魅力，淡雪的身高意外地高，所以看起來更是吸睛。

可是，可是啊……

「真白白，為什麼理應是口袋的部分被挖空了呢……」

原本應該是口袋的部分一點布料都沒留下，所以底下……那個……內褲的部分就稍微露出來了啦！

「這和我知道的熱褲構造不一樣啦！」

「小淡啊，妳冷靜一點。聽好了，這是給人看的內褲喔。」

「如果是無意間走光也就算了，清秀角色哪能一直暴露內褲給別人看啦！」

「這世上不存在不暴露也沒關係的內褲！」

「妳怎麼突然像是在發表名言似的……」

：哦——很色嘛。

：看得到黑色的布啊——！！

：不能擼不能擼不能擼不能擼。

：我真是太糟糕了。

：明明只看得到一點點卻把內褲的部分畫得精雕細琢笑死。

：真白白果然是大家的希望啊。

「我承認這款設計相當精美，也為此暗自歡呼，更無法否定咻瓦在場會高喊：『這下有配菜啦！』的可能性。但現在的我還是得以清秀角色的身分抗議才行！」

「好，咱懂了，把內褲變得看不見就行了吧？既然如此，不如設計成打從一開始就沒穿內褲吧！」

「喂喂喂喂？」

原本隱約可見的黑色布料消失，取而代之的是看似鼠蹊部的膚色部位。

雖然從正面看去沒什麼問題，但一旦轉到側面，肯定會看到更為私密的部位啊！

「會被抓！穿這種衣服上街會被逮捕的啦！」

「放心啦小淡，這是……給人看的胯下啦。」

「妳只是想講這句話而已吧……」

：收音機體操，開始！首先上下移動手部進行運動！來！一、二！一、二！

：看起來就是心花朵朵開。

：¥50000

：我是悅前龍馬，現在正處於無我境界。

：淡之呼吸，第四五四五式，白濁液。

：兩人耍寶和吐槽的立場完全對調了笑死

如果要往這個方向走，不如就參考百威女孩的調調設計個強零女孩，或是走衣著保守的促銷小姐風格——諸如此類的意見都成了繪圖板上的畫作。

而獲得最多人支持的是這張。

下身是檸檬黃的裙子，上身則是將出自碳酸的氣泡圖案呈幾何形式分布的罩衫。

此外，這張還配戴了雪花耳飾和項鍊，不僅顧及淡雪要素，也藉此表現出－196℃的意境。

小淡和咻瓦達成了均衡比例，這樣的設計也讓我無從挑剔。

「呼，雖說得過公司那關，所以還不能說就此定案，但晝出了不錯的東西呢。」

「是呀，真白白，以及各位觀眾，真是非常謝謝你們！」

好啦，今天開台的目的已經達成了，接下來就洗澡刷牙然後睡覺吧！

「真白白，妳可以先去洗喔。客人優先！請洗請洗！」

「嗯？妳在說什麼呀？咱們要一起洗呀？」

「……什麼？」

她說了啥……？

「小淡，妳還在發什麼呆啊？快進浴室啦。」

「呃不是，我說要妳先……」

「一起洗吧？」

聽到真白白以理所當然的口吻這麼說，我甚至連反應都做不出來，整個傻在原地。

咦？她應該只是邀我去洗澡而以對吧？不是什麼奇怪的暗號對吧？

若是如此……這究竟是怎麼一回事啊？

「真白白，妳難道是喝醉了？可是我今天應該沒在菜裡加強零啊？既然這樣……難道是接收到聖大人散發的有害電波？」

「去和聖大人道歉。是說妳忘記了嗎？起初邀咱一起洗澡的就是妳呀。」

「咦？」

怎麼回事，我沒這方面的記憶啊？難道是海馬聖大人用敵人控制器（註：典出漫畫《遊戲王》角色海馬瀨人，敵人控制器是能操控敵方場上怪獸的魔法卡）鬧出來的事？

噴臉白龍！毀滅的噴射可爾必思！

……我什麼都沒說。

「喏，上次開動車直播時，妳不是說過想找咱去大眾澡堂來個裸裎相見嗎？」

原來是我化身小咻瓦時的事喔！

啊，確實有這麼一回事。我的確是抱著會被拒絕的心態隨口說說的，但她當時好像給了「和小淡洗的話沒問題」的回應。

但我沒想到她居然選在這時回收當時的伏筆！

「可、可是我們家不是澡堂喔。」

「嗯——是這樣沒錯，但也差不多所以無所謂啦。」

「標準這麼隨便嗎……」

「唔——妳不想進咱的浴室是吧！」

「不不，那是我家的浴室啊。」

「啊哈哈，的確如此。但咱是真的想和妳一起洗喔。小淡不喜歡嗎？」

「不不，我只是有些吃驚，並不討厭喔。不過……妳說不定會被我襲擊耶？」

「放心，咱們相處夠久了，咱對小淡很有信心。」

她為什麼能說得這麼篤定呢？根據記憶，我只要一抓到機會就以各種言行對別人性騷擾才對……

算了，既然真白白都說想一起洗，那就洗吧。反正這和校外教學的情境差不多，不太可能出什麼亂子。

嗚……但被她看到自己的身材還是有點害臊……我最近都沒運動，搞不好已經……對啦！

「那我加個條件：我們要用浴巾裹住自己，別人洗澡時也不能偷看。可以的話就去洗吧！」

「咦～……算了，就這樣吧！那麼快點去洗吧。如此這般，咱們要暫時靜音了，請稍等一下喔——」

：啊～受不了啦～

：太神啦！　¥20000

：我啊，現在很想當泡澡粉呢。

：這樣啊……那就讓我代替你上吧，交給我吧！

：不，我絕對不會讓出去，我不會讓給任何人的啊！

：奇怪——？

「呼～哎呀，泡澡真好呢。放鬆筋骨後，總覺得身體都要融化了呢。」

「也、也是呢。」

但緊張不已的我可是僵硬得要命呀——！

目前都洗過頭髮和身體的我們，真的一起泡進了浴缸。

由於浴缸有點小，不時會碰到彼此的肩膀等部位。

雖說裹著浴巾，但只要朝真白白的方向看去，就能看到性感的鎖骨——

我沒辦法直視她呢……

「小淡，妳的可真不小呢。」

「妳、妳在說什麼？」

「胸部呀。妳似乎有著傲人的上圍呢。」

「啊、喔，原來如此。但我不覺得有特別大啦……」

我的視線依舊一直看向臉部下方的洗澡水。

「不不，比咱的大很多喔。咱可沒忘記妳在動車連動時說咱是洗衣板呢！」

「呃，不過，那是對真白白的化身說的吧。」

「那現實裡的咱有很大嗎？」

「……很大。」

「啊——妳說謊！妳從剛剛開始不是就瞥開視線了嗎？為什麼會知道呢！」

「我、我有稍稍瞄到一點！啊，即使說有看到，也只是隔著浴巾看到！」

「真的嗎——？嗯～……還是有點無法接受呢——喏，妳就仔細看看咱的胸部，做出評論吧。」

「咦、咦咦？」

「快點快點！」

唔嗯，看來不照做的話，她不肯罷休呢……老實說，我的確沒有仔細觀察過她，當然無從得知她的尺寸是大是小。

但既然隔著浴巾就沒問題了。正當我懷著這樣的念頭轉頭看去時……

「咦？」

「嘻嘻嘻。」

理應被浴巾遮住的部位——如今正並排著兩顆柔軟而嬌小的膚色果實。

而浴巾則是被褪到真白白的腹部一帶。只見她露出了淘氣的笑容……難道說……

？？？？

「呀啊啊啊！真白白好色！不知羞恥！聖大人——！」

「就叫妳去和聖大人道歉了。」

如此這般，明明沒泡很久，我卻差點泡暈了……

話說回來，真白白今天的情緒可真高昂呢。到底是怎麼了？

「好啦，小淡，差不多該睡覺嘍。」

「也是呢。」

泡完澡的我們結束了直播，今天只剩下睡覺這個行程了。

哎呀，本日直播還真是熱鬧無比，似乎在說特上也拿下了不錯的趨勢排名呢。

既然在工作上締造佳績，總覺得今晚能睡個好覺。我來到真白白的身旁，準備就寢。

嗯，老實說我在泡澡之際就已經猜到了，不過她還真的是以一副理所當然的態度邀我同床共眠呢。

老是慌慌張張也不是辦法，總之好好享受吧。嗯，就當作今天是神明大人恩賜的好日子吧。

可以一起睡覺啦！呀哈！

「怎樣？小淡睡得著嗎？」

「嗯……老實說有點微妙呢。」

「嗯？為什麼～？」

「因為身旁有個小惡魔呀～」

「哎呀哎呀，那可不得了。不過咱還挺睏的——畢竟今天嬉鬧得挺凶的嘛。」

「真白白今天的確一直維持著好心情呢。身為招待方，能看到妳這麼開心實在讓我放心許多。」

「……如果咱有做得太過火的地方，先和妳說聲抱歉喔？」

「不會不會，我也挺開心的呀。不過究竟是怎麼回事？是因為像跨縣市小旅行嗎？」

「嗯——咱接下來要說夢話！」

「什麼？」

「聽好了，咱接下來說的全都是夢話，所以就算覺得眼前的這傢伙的腦袋很奇怪也無所謂，專心聽就好。」

「呃、喔。」

說著，真白白鑽進被窩之中，將臉藏了起來。

怎麼回事？我實在讀不懂她的心思。

然而她沒理會頭上冒出問號的我，只是語氣平淡地說起「夢話」。

「咱在出道之後，就一直看著小淡的表現。」

那是極為溫暖——宛如圍巾般能為人抵禦酷寒的溫柔語氣。

「當時的小淡……不對，現在其實也一樣呢。小淡是個有些笨拙的人，當時每天都在尋找各種題材開台。而看在咱眼裡，她每天其實都在磨耗自己的內心。」

「……嗯。」

「咱喜歡努力的人，既希望努力的人得到回報，也希望世上充斥著這樣的人。老實說，咱把她當成主力推崇的偶像，才會一直為笨拙的小淡加油打氣。這肯定和身為淡雪媽咪的身分無關，只是以一介粉絲身分在支持她罷了。」

她靜靜地娓娓道出。這些輕柔如葉的字句，全都蘊含著真白白內心的暖意。

我自然而然地閉上眼睛，決定全盤接下她的話語，不漏聽一字一句。

「焦慮、不安、失意——她肯定抱持著複雜的情緒。而咱在從出道後就一直看著她，經常聽她訴說煩惱，也因此發現——小淡其實對於開台沒辦法樂在其中。」

當時的情景在我腦海中一一浮現。

浮現在眼皮底下的，是當時人氣遠落人後，處心積慮想挽回現狀，卻變得鑽牛角尖的我。

但現在的我就算看到當時的光景，也不會產生負面情緒。能感受到的只有「好懷念」或「那時真像隻無頭蒼蠅」一類的感想，甚至差點因為這段回憶而笑出聲來呢。

這肯定是因為——我終於能夠接納自己。

「但在那次忘記關台事件發生後，狀況有了天翻地覆的變化。小淡的嗓音一天比一天更為開朗，笑聲也變得更多了。而今天直接和她見面後，咱有了十足的把握。她或許同樣有所察覺吧……如今即使不是在直播開台，小淡依然活力十足，而且看起來相當開心。所以呀，咱不禁高興了起來……啊哈哈，似乎是鬧得有點太凶了，一點也不像咱平時的作風，羞死人了。」

「真白白……」

「太好了……真是太好了……」

當時的我懷抱著一股倔強的寂寞感，覺得其他人都是遙不可及的存在。

但每當回憶起那時的事，就能發現其實當時的自己一直有人陪伴，包括同期、前輩、經紀人，以及為了我而開心到聲音發顫的摯友。

我一直不是個特別突出的學生，好不容易找到的工作也是個黑心職場，甚至道歉成了習慣。

但我依舊相當幸福，因為現在的我正和無可取代的人們，度過無可取代的每一天。

「恭喜妳，小淡。咱一直都在支持妳，今後也會繼續以心音淡雪的頭號粉絲身分為妳加油打氣喔。也有勞妳和彩真白切磋琢磨，讓我倆一起把VTuber界炒得大紅大紫吧。」

「謝謝妳，真白白。謝謝妳一直以來的支持，也謝謝妳今後繼續陪伴我。」

「小淡，咱最喜歡妳了。」

「我也最喜歡妳嘍。」

我們的手掌像是磁鐵般相互吸引，以溫柔卻絕不放開的力道緊緊相握。

雖然剛剛說過還不睏，但如今的我被滿滿的溫情籠罩，感覺隨時都會墜入夢鄉，真是奇妙。

「晚安，小淡。」

「晚安，真白白。」

感覺今晚會作個好夢呢——

「東西都帶了嗎？」

「嗯，一件都沒漏！那咱該走嘍。」

「路上小心，下次再來喔。」

「嗯，再見啦。」

一覺醒來後，我們一如往常地嬉鬧著。而到了中午時分，真白白便踏上歸途。

真白白結束對話的風格還是一樣酷呢——我懷著這樣的念頭，目送著她逐漸變小的背影。

在她從我的視野中消失後，我回到自己家中——

「好！今天也要加油啦！」

以有力的口吻這麼說道——

這裡是東京一間平凡的居酒屋，店裡聚集著淡雪的經紀人鈴木、朝霧晴本尊最上日向，以及幾名Live-ON工作人員。

他們之所以聚集在此，不過是單純的聚餐罷了。幾名感情融洽的同事在小週末一同吃吃喝喝——就是如此稀鬆平常的光景。

「欸，日向小姐，您差不多該辦演唱會了吧——」

「嗯——？我每個禮拜都會開演唱會呀。」

「不是啦，我指的是租用正式場地，讓許多客人入場的音樂演唱會！差不多該辦一場了吧？日向小姐若是舉辦單人演唱會，肯定會盛況空前的！」

雖然趁著酒意這麼提議，但鈴木其實很清楚對方會怎麼回答自己。

到目前為止，她已經在類似的聚餐場合或是公司會議時提過相同的提案很多次，日向卻從來沒有點頭過。

最上日向這個人雖然有著天才般的優秀才能，卻一直避免讓自己成為舞台上的焦點。

由於她幾乎未曾展露過這一面，就連資歷最老的粉絲恐怕也不得而知。她雖然為Live-ON的成長貢獻良多，但其實一直都避免做出只會讓自己變得顯眼的行為，也拒絕參與只以自己為對象的企畫。

即使詢問她本人理由，她也只會含糊帶過。為此，「現在的日向不願開辦個人演唱會」已經成了Live-ON社內的共識。

儘管屢屢遭到拒絕，鈴木卻仍不肯死心——因為她知道這樣的演唱會一定能名利雙收，身為最上日向粉絲的她，也希望自己的偶像能綻放出更為耀眼的光芒。

若是發揮她的潛能，一定能表現得比現在更為耀眼——正因為看得出這點，鈴木說什麼都無法放棄。

即使今天依舊會遭到拒絕，也希望她能記住自己一直握有開辦演唱會的選項——鈴木不斷懷著這樣的心思反覆提案著。

然而——今天的日向卻拋出了與鈴木預期完全相反的回答。

「可以呀。」

「「　　　　」」

不只是鈴木，原本在一旁聊得起勁的Live-ON工作人員們也全數看向日向，無言地睜大雙眼。

「「嗚喔喔喔喔喔喔喔喔！」」

在隔了幾秒鐘後，他們的訝異轉換成歡喜。

就連素來沉穩的鈴木也高聲吶喊，抱住身旁的同事。

氣氛歡騰得像是在開祭典，而這也代表仰慕日向的同伴就是如此之多。

不僅身為直播主，在公司裡也是核心成員。無論面臨何種狀況，她總是能輕輕鬆鬆地加以擺平，因此受到眾多同伴尊敬，這些同伴們也不忍心看到她如此消極地展露自己的模樣。而在收到她的答覆後，同伴們的思緒才轉為宣洩而出的狂喜。

「但我有個條件。」

日向一開口，周遭便再次安靜下來，視線也集中在她身上。

而當事者本人則賊兮兮地揚起嘴角，如此說道：

「如果你們願意在演唱會最後安排咻瓦卿上台，讓我們來一場驚喜合作，我就答應喔。」

淡雪驚濤駭浪的日子依然會持續下去……

後記

感謝各位購買《身為VTuber的我因為忘記關台而成了傳說》——簡稱《V傳》的第二集。我是作者七斗七。

老實說在撰寫第二集內容時，我恰巧收到了本作書籍化的消息，因此相比第一集，這次致敬的要素有增無減，也登場了好幾個個性強烈的角色，讓本作逐漸走向角色小說的路線。

不僅讓四期生亮相，Live-ON也會持續拓展出獨特的世界觀，希望各位能期待今後的發展。

那麼，接下來就來聊聊第一集上市後的事吧。那段期間真的發生了很多大事，讓我以為自己是在作夢呢。

首先是宣傳影片的品質優秀得讓我大吃一驚，還帶起一股風潮，甚至在某大型影音網站上名列前茅；接著是現實中的我收到自己喜歡的VTuber們的回應，還獲頒了輕小說相關的獎項。除此之外，出版社更推動了許許多多企畫，讓我都不禁要擔心責編會不會因此崩潰呢。

結果第一集陸續再版，也在輕小說界投下了顆震撼彈。對我而言，這次的起跑著實是風馳電掣。

從在現實中也能締造傳說來看，這確實可說是重現了原作的內容。

之所以能屢創佳績，我想都得歸功於有親朋好友支持。只有我一個人的話，是絕對沒辦法走到這一步的。

為V傳的世界增添色彩的各位相關人士、在網路版給我支持的大家，以及購買書籍的各位讀者，我在此誠摯地感謝您們。

真的非常感謝！

最後請容我發布一則通知——心音淡雪的官方Twitter已經開始運作了。

由於能在她的推特上看到與一般打廣告用的帳號截然不同的獨特內容，還請各位關注她喔！

此外，若沒出什麼意外，這部作品應該會繼續出版續集。

第三集大概會寫到在網路版博得大量迴響的那個章節吧。包含四期生在內的直播主們都尚未拿出真本事，還請各位今後繼續支持V傳喔！

救了想一躍而下的女高中生會發生什麼事？2

岸馬きらく

插畫／黒なまこ

角色原案、漫畫／らたん

Kadokawa Fantastic Novels

救了想一躍而下的女高中生會發生什麼事？ 1~2 待續

作者：岸馬きらく　插畫：黒なまこ　角色原案、漫畫：らたん

「……我真的很慶幸自己是你的女朋友。」
與放棄求生的她展開全新的幸福生活，第二幕。

成天忙著讀書和打工的結城，終於交到女朋友了。而小鳥也藉著與結城溫存的時光，慢慢地治癒內心的創傷。在如此幸福的日子裡，他們遇見了總是獨自一人的寂寞鄰居少女。兩人的生活加入了這位孤單少女後，竟有種宛如新婚的甜蜜氣息？

各 **NT$220/HK$73**

義妹生活 1~2 待續

作者：三河ごーすと　插畫：Hiten

緩慢但確實的變化徵兆——
描繪兄妹真實樣貌的戀愛生活小說第二集！

適逢定期測驗，沙季為了不拿手的科目苦惱，想幫助她的悠太為她整頓念書環境、尋找能夠集中精神的音樂。就在此時，悠太的打工前輩——美女大學生讀賣琹找他約會。聽到這件事，浮上沙季心頭的「某種感情」是……？

各 **NT$200/HK$67**

一點都不想相親的我設下高門檻條件，結果同班同學成了婚約對象!? 1~2 待續

作者：櫻木櫻　插畫：clear

「我們可以睡在同一間房裡嗎……？」
始於假婚約，令人心癢難耐的甜蜜戀愛喜劇，第二幕。

不斷累積甜蜜時光的過程中，心也越來越貼近彼此。當由弦和愛理沙一如往常地待在由弦家時，卻突然因為打雷而停電。憶起兒時心裡陰影的愛理沙半強迫性地決定留宿在由弦家，於是由弦準備讓兩人能分別睡在不同房間。不安的愛理沙卻開口拜託他——

各 **NT$250/HK$83**

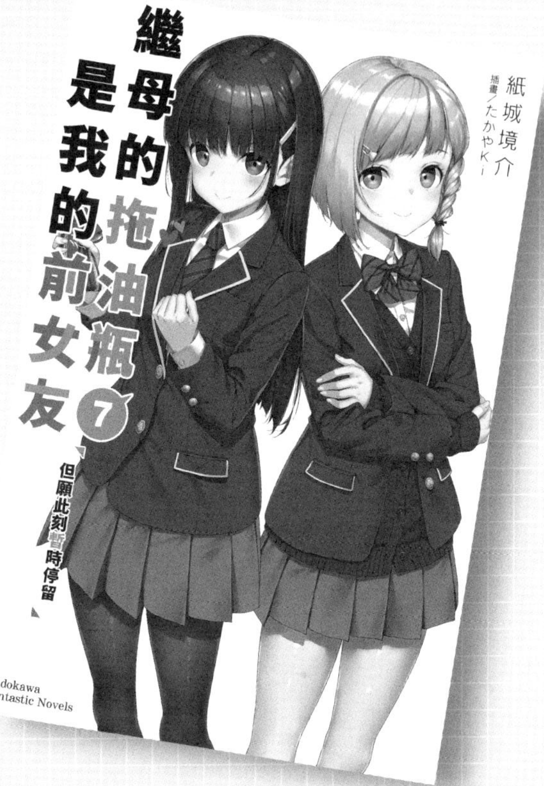

繼母的拖油瓶是我的前女友 1~7 待續

作者：紙城境介　插畫：たかやKi

「——我們的生日。那天，你要空出來喔。」
以兄弟姊妹關係迎來這天的兩人將面對彼此感情？

當起學生會書記的結女，神色緊張地踏進學生會室，誰知室內卻聚集了一群對戀愛意外多愁善感的高中生！以往與水斗成天互酸的她，事到如今難以啟齒表達好感，竟從學生會女生大談的戀愛史當中獲得靈感，想出引誘水斗向自己告白的「小惡魔舉動」？

各 **NT$220~270/HK$73~90**

國家圖書館出版品預行編目資料

身為 VTuber 的我因為忘記關台而成了傳說 / 七斗七作；蔚山譯 . -- 初版 . -- 臺北市：臺灣角川股份有限公司, 2022.04-

冊； 公分

譯自：VTuber なんだが配信切り忘れたら伝説になってた

ISBN 978-626-321-372-2(第 1 冊：平裝). --
ISBN 978-626-321-680-8(第 2 冊：平裝)

861.57 111002042

Kadokawa
Fantastic
Novels

身為VTuber的我因為忘記關台而成了傳說 2

（原著名：VTuberなんだが配信切り忘れたら伝説になってた 2）

2022年8月17日 初版第1刷發行
2023年8月10日 初版第2刷發行

作者：七斗七
插畫：塩かずのこ
譯者：蔚山

發行人：岩崎剛人
總編輯：蔡佩芬
編輯：邱瓈萱
美術設計：李思穎
印務：李明修（主任）、張加恩（主任）、張凱琪

發行所：台灣角川股份有限公司
地址：104台北市中山區松江路223號3樓
電話：（02）2515-3000
傳真：（02）2515-0033
網址：www.kadokawa.com.tw
劃撥帳戶：台灣角川股份有限公司
劃撥帳號：19487412
法律顧問：有澤法律事務所
製版：巨茂科技印刷有限公司
ISBN：978-626-321-680-8